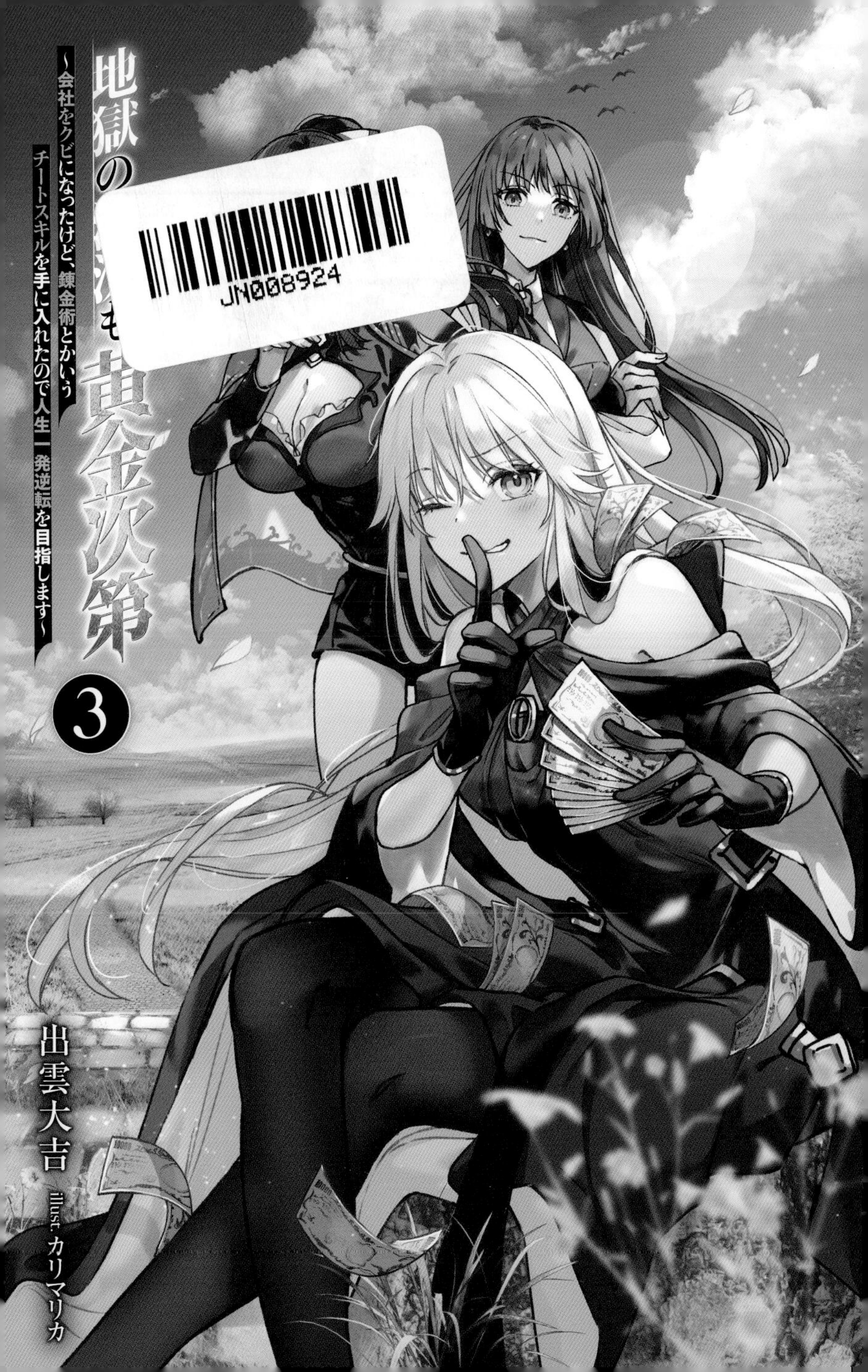
地獄の
も黄金次第
～会社をクビになったけど、錬金術とかいう
チートスキルを手に入れたので人生一発逆転を目指します～
3
出雲大吉
illust. カリマリカ
JN008924

清水リン
「アイスニードル！」

三枝ヨシノ
沖田ハジメ

「わかりましたー……
私がお風呂に入っている時に
廊下をウロチョロすんな！」
朝倉カエデ
エレノア・オーシャン

地獄の沙汰も黄金次第
～会社をクビになったけど、錬金術とかいう
チートスキルを手に入れたので人生一発逆転を目指します～
3
出雲大吉
illust. カリマリカ

CONTENTS

Jigoku no sata mo
ougonshidai

Daikichi Izumo
& CARIMARICA
presents

第一章 ―― Chapter 1

俺はカエデちゃんとの同棲を始めた。正式にはルームシェアらしいが、俺的には同棲である。

そんな俺達は引っ越しそばを自分達で食べ、テレビの前のソファーでゆっくりしていた。

「ソファーってすごいなー」

先日まで住んでいた家は当然だが、実家にもソファーはなかった。

「ですねー。それでナナカちゃんは無事なんです？」

カエデちゃんが聞いてくる。先ほど、ナナポン誘拐事件のさわりを説明したのだ。

「無事だね。ケガもなかった。クレアが守ってくれたし、所詮は雑魚よ。俺の剣の錆にしてやった」

殺したのはハリーだけどね。まさか回復ポーションをくすねるためにトドメを刺すとは思わんかった。俺の心遣いが台無しだ。

「うーん、さりげなくとんでもないことを言っているような気もしますが、ナナカちゃんが無事なら良かったです。今後も刺客が来ますかね？」

「さあ？　来るなら外国からだろうしねー。ギルドやハリーとクレアがどこまでやるかだろうな。まあ、問題ないよ。襲われるならフロンティア内だろうし」

ハリーとクレアはバカだからいまいち信用できんが、一応は元軍人のAランクだし、やる時はやってくれるだろう。

「気を付けてくださいね」

「わかってるよ。カエデちゃんに俺の剣の腕を見せてあげたかったわ」

「見たくないです。ナナカちゃんが不必要に首を刎ねる人って愚痴ってましたし」

いや、さすがに首は刎ねないよ。マズいな……このままだと首狩り族か人斬り認定されそうだ。

そんなキャラ付けはいらない。

「武器を変えようかな……槍とか」

「使えるんです？」

「使ったことはないけど、練習すればそのうち……」

槍術でも生えてくるかも……

「いや、普通に剣を使ってくださいよ。せっかく剣術のレベルが５もあるし、危ないですよ」

「いやー、それがさー、見てよ」

持ってきたエレノアさんのカバンからエレノアさんのステータスカードを出し、カエデちゃんに渡す。

「まだレベルは６ですねー。そろそろ７になると思います……んん!?」

カエデちゃんがステータスカードを凝視する。そして、そーっと顔を上げ、俺を見てきた。

「エレノアさんってすごいよね。剣術のレベルが６だって！」

魔女要素がどんどん消えていく。

「あのー、剣術レベル６って、聞いたことないんですけど……」

「隠しているだけでしょ。Ａランクは普通にあると思うよ」

　ハリーは３でクレアは２しかなかったけどね。

「こんなに簡単に上がらないと思うんですけど……」

「上がったというより、戻ったんじゃない？　ブランクあるし。それに結構、ハイドスケルトンを狩ったしね」

　なんとなくだが、動きが良くなった気がする。エレノアさんの身体に慣れただけかと思っていたが、剣術のレベルが上がったんだな。

「はえー……先輩って本当にすごいんですねー。私、剣術のスキルなんてなかったですよ」

「そういや、カエデちゃんも冒険者だったね。ジョブは何だったの？」

「私はローグです。モンスターを見つけたり、エリアを案内したりする職業ですね」

　下っ端ぽいな。

「色々あるんだね」

「先輩達はまだ初級のところですから問題ないでしょうが、中級の場所に行くと、そういう人が必要なんですよ。まあ、ナナカちゃんがやってくれるとは思います」

　俺も調べてはいるが、やっぱりパーティーを組むのが主流のようだ。クーナー遺跡でもたまに素人臭いソロがいるだけで、ほとんどの人がパーティーを組んでいた。

「まあ、ナナポンが俺を嫌がる以上、エレノアさんで行くしかないし、パーティーはいいや。二人で頑張る」

　沖田君が最初の頃より嫌われている気がするのが気になるけどな。エレノアさんとは普通に話すし、仲良くなっているのだが、エレノアさんとナナポンが仲良くなっていくにつれて、沖田君が嫌われていく。神様、一体これは何故でしょう？

「気にかけてあげてくださいね。あの子はまだ十九歳ですから」

「ホント、若いわー。俺が十九歳の時なんて毎晩、徹夜でマージャンしてたわ」

「私も遊んでましたね。まあ、ナナカちゃんは私達以上に遊んでるんでしょうけど」

　透視でカンニングしてるからテストがないようなもんだしなー。すげーわ。

「透視いいなー……」

「透視あったら何に使います？」

　カエデちゃんが夢のある話をしてきた。

「テストはもうないしねー……うーん」

　じー……

「あ、もういいです。私を見てきた時点で察しました」

　男子はそんなもんだよ。ＴＳポーションと透明化ポーションの使い道も最初は更衣室に忍び込むことが浮かんだし。

「じゃあ、カエデちゃんは何に使うの？」

「くじとかですかね？」

金か……普通はそんなもんだろう。

「まあ、何にせよ、小物のナナポンが持ってて良かったわ。あいつじゃあ、ロクに悪用もできんだろ」

「カンニングは相当、悪いですけどね。でも、先輩を守る目になってくれますし、才能もありそうなんで黙認ですって」

才能ねー……トロそうだったけど、魔法を使えるし、度胸もあるかもな。

「まあ、弟子だから鍛えてあげるか」

「あ、ホントに弟子にしたんです？」

「あいつ、捕まった時にエレノアさんの弟子ってゲロった。だから俺が捕まった時にも弟子には手を出さないでーって巻き込むことが決定した」

普通は関係ないですって言うだろ。何を早々にゲロってんだよ。あ、だからケガがまったくなかったんだ。

「まあ、仲良くしてくださいね。冒険では信頼関係は大事です」

確かに大事だろう。命を預けるわけだしね。

「大丈夫だよ」

でも、カエデちゃんと冒険したかったわ。信頼関係もバッチシだし。

「それでこれからどうするんです？　オークションとか冒険とか」

これからかー……

「オークションは少し休む。まずはクレアとの契約を優先するわ」

　少し休み、個人契約を済ませてしまおう。それまでにレベルが上がって新しいレシピが増えるかもしれないし。

「レベル2の回復ポーションですっけ？」

「そうそう。それと千キロのアイテム袋を十億で個人的に売ることになってる」

「十億ですかー……ホント、すごいです。でも、なんでです？」

「ナナポン救出の報酬だな。十二億のところを十億にしてやった。まあ、手数料とかを考えると、安いもんだ」

　今回の千キロのアイテム袋は十二億で売れた。このうち、十パーセントがギルドで十パーセントがナナポンの取り分になる。つまり……えーっと、九億六千万円が俺の取り分になるのだ。それを考えれば、十億で十分。

「今回のオークションで千キロのアイテム袋の相場ができたようなもんですしね。もしかしたら個人的に売ってほしいって依頼が来るかもです」

「そん時はそん時に考えよう」

　少なくとも、おっぱいこと三枝さんからアイテム袋を売ってほしいということを聞いている。容量は聞いていないが、他にもAランクとかからそういう依頼が来るかもしれない。

「わかりました。冒険は？　またナナカちゃんとダイアナ鉱山ですか？」

「そうだね。もうちょっとあそこでやる。でも、それとは別に沖田君でソロをやろうかと思ってる」

「あー、全然、行ってませんしね。確かに行った方が良さそうです」

さすがにまったく冒険に行かないのは怪しい。適度に行った方が良いだろう。

「だよね。あと、このままだといつまでもナナポンよりレベルが低いことになる。それは良くない。弟子の方がレベルが高いっていうのは許されない」

「……先輩って、本当にそういうところがありますよね」

ちっちゃいって言うな！

「カエデちゃんがAランクになれって言ったんでしょ。早くDランクにしてよ」

「Dランクねー……何か実績を作ってくださいよ」

「外国の誰かさんを斬ったぞ」

「それ、ヤバい実績でしょ。人斬りミッションです」

やっぱり人斬りと思われている。多分、名前のせいだな。

「どんなミッションをこなしたらDランクにしてくれるの？」

「じゃあ、スケルトンを百体、倒してください。それでDランクにしましょう」

「なんか本当にゲームのミッションみたいだな」

「まあ、実際、そんな感じです。ちなみに、先輩は本日のデイリーミッションをクリアしていません」

デイリーミッション？　ああ、本日のノルマか……

「カエデちゃんは今日もかわいいね」

「クリアでーす。報酬は冷蔵庫にあるビールです」

しょうもな……

「カエデちゃんのデイリーミッションは？」

「先輩が好きだろうと思って、いい感じのスカートを穿いてるじゃないですか」

確かに今日はちょっと短いスカートだ。膝上くらいだけど。

「いつもロングだもんね」

「先輩が喜ぶだろうと思って」

「ふーん、本日のデイリーミッションクリアだわー。報酬はビールです」

「飲みますか」

「だねー」

俺達はしょうもないデイリーミッションをクリアしたので昼間から飲むことにした。夜になると、カエデちゃんが事前に買っておいた夕食を食べ、各自でお風呂に入った。

そして、良い時間になったので、自室に戻り荷物を広げる。俺の部屋はまだベッドと作業用の机がある程度だ。アイテム袋から色々と取り出し、設置していく。そういう作業をしていると、時刻は十一時を過ぎた。

「よし！　本当のデイリーミッションをしよう！」

枕を持って部屋を出ると、すぐ近くのカエデちゃんの部屋の前に立つ。そして、ドアノブを握り、引いた。

――ガン！

開かなかった……

「鍵かー……」

これがルームシェアね……

俺はカエデちゃんとのルームシェアを始めた。俺的には同棲だったが、ルームシェアらしい。ちょっと悲しかったが、こういうのは時間をかけるべきと己に言い聞かした。

この週は部屋の整理や家具の設置等を行った。当然、カエデちゃんは仕事があるので、作業をするのは俺だ。

頼んでいた荷物を受け取り、設置する。カエデちゃんが帰ってきたら一緒にご飯を食べ、お酒を飲むという生活を送っていた。なお、毎日カエデちゃんの部屋に入ろうとしているのだが、いっつも鍵がかかっている。カエデちゃんが仕事に行っている時もかかっている。信用ないね……

そんなこんなでこの週は冒険には行かなかった。まあ、ナナポンもちょっと用事があるらしいので、ちょうどいいだろう。

そして、カエデちゃんと一緒に住み始めてちょうど一週間となる日曜日。仕事から帰ってきたカエデちゃんと一緒に料理を作った。なお、カエデちゃんがパックからお皿に載せ、俺がご飯を炊くという料理だ。

「先輩、明日は暇です？」

対面に座っているカエデちゃんがご飯を食べながら聞いてくる。

「まあ、予定はないね。部屋も完成したし、そろそろ冒険に行こうかなーって思ってるくらい」

まだナナポンと冒険の予定を決めていないので、あいつの予定は聞いていないが、一人でも行こうと思っている。

「明日、ギルドに来られません？　先輩でもいいし、エレノアさんでもいいので。サツキさんがオークションのお金を渡したいそうです。あと、話があるようですね」

もう二十四億円を受け取れるのか……早いな。

「ちょっと待って。ナナポンに聞いてみる。どうせ行くなら冒険にも行くわ」

そう言って、テーブルに置いてあるエレノアさん用のスマホを操作する。

『明日、サツキさんが話があるって言ってるけど、来る？　二億円を受け取れるわよ』

メッセージを送ると、すぐに返事が来た。

『行きます！　二億円欲しいです！　あ、冒険は行かれます？』

『最近行ってないし、行こうかと思ってる。用事があるなら言って。一人で行くから』

『行きます！』

食いつきがすげーな。さすがは二億円。

「ナナポンも来るみたいだからエレノアさんだな。話が終わったら冒険に行くわ」

スマホを置き、カエデちゃんに告げる。

「了解です。エレノアさんだったらギルドまで一緒には行けませんね」

それはちょっと悲しい。一緒に家を出て、同じ職場に行くのってなんか良い気もする。

「沖田君というか、俺で行くこともあるし、その時に一緒に行こうよ」

「良いですけど、先輩、七時に起きられます？」

七時……社会人時代は当然、起きていた。だが、最近はどうだろう？　少なくとも、この家に住んでからは起きる時間は九時とか十時だ。

「大丈夫だよ。余裕、余裕」

昔は最悪な気分で起きていたが、今はそうでもないだろうし、カエデちゃんと一緒に行けるなら問題ない。

「ふーん、毎日、出かける前に声をかけているのにガン無視して寝ている先輩が起きられるかなー？」

「え？　そうなの？」

全然、気付かなかった。当たり前だが、俺の部屋に鍵はないし、つける気もない。カエデちゃんが枕を持って、来るかもしれないし。

「いつも、ぐーすかと寝ていますよね。なんかエレノアさんだった時もありましたけど」

「あー、あれはナナポンと電話をしてた時だね。俺が今後のことを話そうと思って電話したらチエンジって言われて、即、電話を切られた」

「あの子はホント……」

さすがにカエデちゃんも呆れているようだ。

「まあ、あいつはそういう奴だしなー」

「そうなんですけどね……」

カエデちゃんが手をあごに持っていき、悩む。

「どうしたの？」

「……いえ、何でもないです。明日は午後から来ます？」

なんか誤魔化された気もするが、ナナポンだし、どうでもいいか。

「そうだね。午後から行って、話を聞いて冒険かな？」

「わかりましたー。あ、だったらナナカちゃんを誘って、オークションの打ち上げしません？」

ナナポンか……カエデちゃんと二人でやりたい気もするが、それは今度でもいいだろう。

「そうするか……そういえば、エレノアさんがナナポンを誘ってたわ」

「じゃあ、ちょうどいいですね。ピザでも頼みましょうよ」

「そうするか……」

スマホを取り、再び操作する。

『明日、お金を受け取れると思うし、打ち上げしない？　カエデちゃんがそう言ってる』

『行きます！』

この返事が三秒で届いた。

『じゃあ、カエデちゃんの仕事が終わる時間までレベル上げしましょう。それで夕方になったらウチにいらっしゃい』

『了解です！　お邪魔します！』

返事が早いなー。まあ、ナナポンも二億円でテンションが上がってんだろ。

「来るってさ」

スマホを置き、カエデちゃんを見る。

「じゃあ、そうしましょうか。ナナカちゃん、飲むかな？」

この国の飲酒は十八歳からだ。

「さあ？　飲んだことないって言ってた気がするし、軽いのでも買ってやればいいだろ」

ダメならソフトドリンクでもいい。

「そうしますか……じゃあ、明日はパーティーです！　今日は早く寝てください」

「頑張る」

俺達はいつものようにご飯を食べ、お風呂に入って就寝した。そして、いつものようにカエデちゃんの部屋に行ってみたが、鍵がかかっていた。ピッキングのスキルかアイテムが欲しいと思いました。

翌日、目が覚めスマホを見ると、時刻は十時だった。それと同時にカエデちゃんからメッセージが届いていたので見てみる。

『いってきます♡』

八時前くらいにこれが送られてきていた。すぐに『いってらっしゃい』と送り、布団から出た。

布団から出ると、少し肌寒さを感じる。もう十一月に入っているのだ。寒いなーと思いながらも部屋から出て、一応、カエデちゃんの部屋に鍵がかかっているかを確認し、リビングに向かった。

鍵？　かかってた。

コップにお茶を淹れると、テーブルにつき、一口飲む。

「昼までどうしようかなー……」

暇だ。家も整ったし、やることがない。

「カエデちゃんがいないと、つまんないなー……」

明るくてかわいいカエデちゃんがいるといないとでは部屋の明るさも違う気がする。

もし、池袋ギルドに行かず、渋谷ギルドに行っていたらどうなっていたのだろう？　錬金術のスキルを手に入れることはできただろうが、一人でお金儲けをしていたのだろうか？　それとも早々にスキルがばれ、失敗したのだろうか？

「やめよう。たらればだ」

こういうことは考えない方がいい。今ある幸せを掴み、離さないようにすることだけを考えよう。

「よし！　風呂に入ろう！」

嫌な考えを捨てるために前の家とは比べ物にならないほどきれいなお風呂に入った。そして、風呂から上がると、ＴＳポーションを飲み、エレノアさんに変わる。

脱衣所の鏡で素っ裸の自分自身を見る。

「うーん、相変わらず、沖田君とは似ても似つかないわねー」

まあ、似てたらそれはそれで困るけどね。

用意していたエレノアさん用の黒ローブを着込み、髪を結ぶと、脱衣所を出て、リビングに戻った。そして、冷蔵庫にある昨日の夜の残りの総菜とカエデちゃんが握ってくれたおにぎりを食べる。

「さすがカエデちゃん。美味しいけど、丸い」

おにぎりは上手く握れないらしい。まあ、料理のことに関しては人のことを言えないし、カエデちゃんが忙しい朝に作ってくれたものなので文句も言わずに食べた。そして、透明化ポーションを飲んで家を出る。何気にエレノアさんでここから家を出るのは初めてだが、事前に決めておいた人がいない裏通りに行き、透明化を解いた。透明化を解くと、裏通りを抜け、表の人が多い道に出る。すると、多くの人が俺を見てきた。

この辺も考えないとなー。ずっとこの行動を繰り返していると、いずれエレノア・オーシャンが練馬に住んでいることがバレる。

やっぱりトイレで着替えることになるなーと思いながらタクシーを捕まえ、池袋のギルドに向かった。

タクシーに乗り、池袋のギルドの裏に到着したので駐車場を抜け、裏口からギルドに入る。ギルドに入ると通路を抜け、受付の裏に出た。もはや、ギルド職員は俺が裏から入ってきても完全スルーだ。まるで自分がギルドの職員になった気分になりながら受付を抜け、ロビーに出る。ロビーには珍しく数人の冒険者がおり、俺を見るとすぐにスマホを取り出し、視線を落とした。

まーた、ネットでつぶやきか？　いい加減、飽きろよ。別の話題はないんかい……

めんどくさいなーと思いながらも受付にいるカエデちゃんのもとに向かう。

「こんにちは」

「はい、こんにちは」

挨拶をすると、カエデちゃんも挨拶を返してくれるが、やっぱり他人行儀だ。まあ、仕方がないことではあるが、ちょっと寂しい。

「ギルマスさんは？」

「こちらです」

カエデちゃんがそう言って、立ち上がったので、いつものようにさっき歩いてきたルートを引き返し、受付の中に入った。そして、サツキさんの部屋の前まで来る。

「支部長、エレノアさんです」

『んー』

中から適当な返事が聞こえてきた。俺とカエデちゃんは顔を見合わせ、少し笑い合うと扉を開け、中に入る。部屋の中にはすでにナナポンがソファーに座って待っており、相変わらず、縮こまっていた。

「サツキさん、私の弟子をイジメないでよ」

サツキさんに文句を言いながらナナポンの隣に座る。カエデちゃんもサツキさんの横に座った。

「イジメてないんだがなー……何故か私は好かれない」

いや、カンニングで脅したからでしょ。

「まあ、この子はそんな子でしょう。沖田君なんかめっちゃ嫌われてるし」

「いや、別に嫌ってませんよ。沖田さんもギルマスさんもなんか怖いんです」

ナナポンが反論する。

「怖い？　私が？　沖田君はわかるが、私は怖くないだろう？」

「なんで沖田君はわかるのよ……絵に描いたような好青年じゃない」

「いや、お前、私に笑いながら誘拐犯の首いるかって聞いてきただろ。普通に怖いわ」

冗談に決まってんだろ。もし、持って帰ってきたら受付のロビーで大パニックになるわ。

「ねえ？　沖田君をヤバい人認定するのをやめてくれる？」

「無理だ。カエデに聞いたぞ。剣術のレベルが6になったんだってな。私の十年をあっさり抜きやがって」

「え!?　6!?　エレノアさん、すごーい！」

ナナポンはかわいいわ。さすがは俺の弟子。

「そもそも、サツキさん程度と同等なことがおかしいんだよ」

俺の十五年くらいを舐めんな。

「試してみるか？」

サツキさんの腰がわずかに浮く。

「相手との実力差もわからんとは……おっぱ……三枝さん程度の雑魚め」

多分、三枝さんよりサツキさんの方が強い。と言っても、スキルの有無とかレベルがあるから何とも言えない面もある。でも、俺よりかは弱い……多分。

「お前、ヨシノをそういう風に見てたんだな」

「男の人ってサイテーですよね」

「……先輩」

あ、〝おっぱ〟だけで気付かれた。女性しかいないここに味方はいないことがわかる。

エレノアさんに戻ろう。

「そんなことはどうでもいいじゃない。あの人は男の世界ではそれで有名なのよ。冒険者業界に詳しくなかった私でも知ってるくらいだもの。それよりか、オークションよ。契約は終わったの？」

「あいつ、それで有名なのか……」

「男の人ってサイテーですよね」

「先輩、好きですもんね」

ちょっとカエデちゃんは黙ってほしいな。

「そういうのいいから。で？　契約は？」

強引に話を逸らす。

「契約な。終わったぞ。今回もすんなりだった」

「前回もよね？　こんなに早く終わるものなの？」

「特に揉めることもなかったしな。落札したのは日本の企業とイギリスの金持ちだ。企業は揉めるのは避けるし、イギリスの金持ちもオークションのために日本に滞在してて、すぐに金を払ってイギリスに帰ったな」

金持ちってすげーな。

「じゃあ、今日、お金をもらえるってことでいい？」

「ああ、すでにお前らの口座に振り込んである。もっとも、お前の口座は私のだがな」

こいつ、持ち逃げしようとしてないだろうな？　貯めに貯めて、ドロンしたりして。

「ナナカさんも？」

「そうだな。ナナポン、使い方には気を付けろ」

「わかってます。もうこりごりです」

サツキさんがナナポンを見る。

あんな目には遭いたくないだろうし、さすがのナナポンも自重するか。

「と言っても、早速、杖を買ってましたけどね。五百万円もするやつ」

カエデちゃんがチクった。

「あなたね……」

反省しろよ。

「別にギルド内はいいじゃないですか。どうせ平日の昼間は他にお客さんが誰もいませんし」

いや、そうなんだけど、カエデちゃんとサツキさんがちょっと暗くなったぞ。

「杖だけ？」

「いえ、インナースーツも買いました。ローブはやめときました」

「まあ、身を守るものだし、別にいいか……」

「ですよ。剣とかだと高い物は見てわかりますけど、杖なんかは見た目がただの木ですからね。わかりません」

杖は装飾品もないし、ただの仙人が持ってそうな木の棒だ。差はまったくわからない。

「まあ、ウチで買う分には問題ない。外では気を付けろよ」

サツキさんが改めて釘を刺した。

「はい」

「ん。それで今後なんだが、どうする？」

サツキさんは頷くと、今度は俺を見た。

「カエデちゃんにも言ったけど、とりあえずはクレアとの契約を優先するわ。それを終えないと、レベル2の回復ポーションが他で売れない」

「クレアは？」

「一度、アメリカに帰るって言ってたけど……そういえば、例の誘拐犯はどう処理したの？」

クレア、ハリーと話し合いをしたはずだ。

「ダイアナ鉱山で襲われたって本部に報告したぞ。そこをクレアとハリーが救ったことにした」

クレアはともかく、ハリーは何にもしてないんだけどな。

「なんで？　三分の二は私が仕留めたわよ」

正確に言うと、トドメを刺したのはハリー。

経験値と回復ポーションを奪われたわ。あれこそハイエナ。

「手柄を譲った形だな。あいつらもアイテム袋を落札できなかったから手柄が欲しいらしい」

「ふーん。ちなみに、空き巣事件は？　報告した？」

「するわけないだろ」

だろうね。

「今後も似たようなのが来ると思う？」

「一応、ギルドでも動くそうだ。今回はオークションのことがあったから海外からの刺客を取り締まれなかったけど、今後は厳重にするそうだし、フロンティアに自衛隊の警備を常駐させるそうだ。だからダイアナ鉱山に行ったら自衛隊の冒険者がいると思うから気を付けろ」

そういえば、ダイアナ鉱山では他の冒険者はもちろんだが、自衛隊の巡回にも会ったことがなかったな。まあ、あんな誰も来ないところを見回っても無駄だろうしな。

「わかったわ。まあ、ナナカさんがいるからその辺はどうにでもなるわね」

「任せてください」

ナナポンがドヤ顔で胸を張る。攫われたばかりなのに何故、自信満々なのかはわからない。あ、バカだからか。

「頼むぞ。それで今後のオークションは見送りでいいか？」

「そうね。クレアとの契約が終わってから考える。今はレベル上げしつつ、細々とレベル1の回復ポーションを売るわ」

「細々ねー……まあいいけど。お前に依頼がいっぱい来てるぞ。アイテム袋を売ってくれって。あと、テレビ出演」

やっぱり来てるか。

「テレビは嫌。もう出るメリットないし。アイテム袋はクレアに売るしねー……三枝さんからも沖田君経由で頼まれてるけど、売っていい？　百キロまでなら良かったわよね？」

以前、サツキさんが百キロまでなら売っていいと言っていた。

「あの時は千キロのオークション前だったからな。オークションは終わったし、もう好きに売っていいぞ。一応、従妹だし、頑張ってほしいと思う気持ちもある。逆に他所のギルドの奴に売るのはムカつくからやめてほしい気持ちもある。お前の好きにしろ」

これ、従妹が自分のギルドを抜けたことが相当、傷ついたんだな。

「あの人って、どこの所属なの？　本部長の子飼いって言ってたけど」

「所属は新宿ギルドだ。あそこは元々、本部長が支部長をやっててな、今は本部長の息のかかった奴が支部長をしている。だから新宿ギルドの冒険者は本部長の手先と思っていい。まあ、ヨシノを除けば、そこまで有望な奴はいないんだがな」

　ここと一緒かな？　いや、わざわざ従姉がいるギルドから移籍したわけだからここよりかはマシか……

「一番良い所って渋谷でしょ？　二枝さんは渋谷には行かなかったの？」

「あそこは品がない。受付嬢をきれいどころの女で固めるようなギルドだぞ？　しかも、制服もちょっといやらしい」

　もし、冒険者になろうと決意した時、ちゃんと調べていたら渋谷に行ってたな。あの時は職を失い、焦ってたから適当に近い所にしたが、調べていたらこんな不人気より、元グラビアアイドルがいやらしい制服を着ているところの方が良い。

「男性の冒険者が多そうね……」

「九割九分が男だ。質もお察しでガラも悪い」

　俺もその一人になってたんだろうなー。

　カエデちゃんがいるし。

「ここに来て良かったわ」

「そうだぞ。間違っても移籍しようとは思うなよ。渋谷はダメだし、新宿はつまらんからな」

　必死だなー。

「めんどくさいから移籍しないわよ」

するわけねーじゃん。カエデちゃんがいるのに。

「よし、よし。まあ、ヨシノは適当でいいぞ。何だったら連絡を取ってやる」

「連絡先は知ってるし、こっちでやるわ」

「そうか。忠告すると、あいつはドケチで、安く買い叩かれる可能性があるから気を付けろ」

ホント、従姉と同じで金の亡者らしいな。

「わかったわ。話は終わり？　だったら冒険に行くわ」

「終わりだな……あ、それと他の冒険者にも気を付けろよ。金を持ってるんだし」

「わかってるわよ」

ふっ、誰に言ってるのかな？　この剣術レベル6の私かしら？

「決め顔すんな。調子に乗ってるのがわかるぞ」

……うるさいなー。他に誇れるものがないんだから、ちょっとくらいいいじゃん。


サツキさんとの話が終わったのでナナポンと共にダイアナ鉱山へとやってきた。もちろん、ナナポンを先に行かせて、俺が後から行くという形だ。

ナナポンがフロンティアに向かった十分後くらいにゲートを抜けると、すぐ横にナナポンが立って待っていた。

「あら？　座って待っていても良かったのに」

ナナポンはいつも小屋の前のテーブルに座って待っている。それなのに今日はゲートのそばだ。

「いえ、あれ……」

ナナポンが小屋の方を見る。俺も釣られて見ると、小屋の前には自衛隊の迷彩服を着た男の人が立っていた。

「サツキさんが言っていた常駐の見回りね」

「だと思います」

だからナナポンはここで待っていたのか。

「あなた、そんなに男の人が嫌？」

自衛隊じゃん。

「あのー、私、そんなに男の人が苦手ってわけじゃないですよ？　でも、こんな薄暗い場所で男性と二人きりは嫌です。女性なら誰でもそう思います」

確かにそうかもしれない。俺はこんな姿をしているが、男だからわからない。

「そうかもね」

「エレノアさんは襲われても首を刎ねてやるぜって思うでしょうが、私にそんな戦闘能力はありません。ましてや、明らかに私より強そうですしね」

首を刎ねるかは置いておいても、確かに俺なら問題ない。

「あの程度ならどうとでもなるけど、魔法使いのナナカさんは厳しいわね」

「でしょ？」

「あなた、今度から先に来てもギルドで待ってなさい。私が先に行っておくわ」

　ナナポンを一人でフロンティアに行かすのは危ないだろう。ナナポンは透視があるかもしれないが、すべてを避けられるわけではない。

　フロンティアは夢と希望の世界かもしれないが、犠牲者も少なくないのだ。敵はモンスターだけではない。人もだろう。

「そうします」

「大丈夫、私と二人なら問題ないわ」

「あのー、実際、エレノアさんってどのくらい強いんですか？」

　ナナポンが聞いてくる。

「さあ？　スキルや魔法があるからね……ちょっとわかんない。単純な剣でいいならハリーだろうがクレアだろうが三枝さんだろうが相手じゃないわね」

　クレアの暗殺術とハリーのユニークスキルがちょっと怖いけど。

「その辺がいまいちわからないんですよね。エレノアさん、全部一撃ですもん」

「あなただってそうでしょ。ハイドスケルトンとスケルトンとしかやってないし」

　いくらモンスターでも動きの遅い骨には負けない。まあ、だからこそ、初心者御用達なんだろうけど。

「私は魔法ですしねー。剣とか教えてくれません？」

　ナナポンが剣術？

「あなたには無理。才能がない」

「がーん」

「落ち込まなくてもいいわよ。カエデちゃんもないしね……というか、普通はない」

「朝倉さんも？　あの、才能って何です？」

ナナポンはよくわかってないようで聞いてくる。

「剣道と剣術は違う。あなたは人を斬れない。スケルトンはいけると思うけどね」

人を斬れない者が剣など持っても無駄。自分が傷つくだけだ。

「私には斬れませんか？」

「無理。諦めなさい。まあ、大丈夫よ。あなたには魔法があるし、私がいる。使えるものがあるなら使えばいい。自分がやれることをやりなさい」

「……例えばですが、人を斬れない上司が部下に人を斬るように命じたらどう思います？」

ん？　こいつ、俺を部下扱いする気か？　弟子のくせに。

「どこの世界に自分から敵を斬りにいく王様がいるのよ。何のための兵？　何のための騎士？上はどーんと構えて、指示をしておけばいいの」

「そうですか……」

「なーに？　あなた、私と組むのをやめて、どっかのパーティーリーダーにでもなる気？」

こらこら、裏切るんじゃない。サツキさんが許さないぞ。

「そんなつもりはないですよ。単純な疑問です」

「ふーん、まあいいけど……じゃあ、行きましょうか」

「はい！」

俺とナナポンは鉱山に向けて歩いていき、途中、すれ違った自衛隊の人に会釈をして鉱山の中に入っていった。鉱山に入ると、ナナポンが火魔法でたいまつを作り、俺がカバンからカンテラを取り出し、電源を付ける。いつものハイドスケルトン狩りが始まった。

　最初は鉱山の中が暗いことや敵が見えないことで疲れることが多かったが、さすがに慣れてきたため、そんなに疲れずにハイドスケルトンを狩っていく。そして、俺が十体目のスケルトンを倒したところでステータスカードを取り出し、確認してみた。

名前　エレノア・オーシャン
レベル7
ジョブ　剣士
スキル
　剣術レベル6
　話術レベル1
☆錬金術
レベル7
　回復ポーションレベル1、性転換ポーション

眠り薬、純水
翻訳ポーション、アイテム袋
透明化ポーション、鑑定メガネ、鑑定コンタクト
回復ポーションレベル2、強化ポーション（力）
強化ポーション（速）、強化ポーション（防）

「レベルが上がったわね……」

ステータスカードを見て、ポツリとつぶやく。

「え？　ホントです？　7になりました？」

「ええ。まずだけど、スキルが生えた」

「おー！　すごい！　首切りですか？」

「いや、話術。話が上手くなるみたい」

それ、介錯する人が生えてきそうなスキルだな。

「あー……エレノアさんが嘘ばっかりついてたからですかね？」

「嘘というか、誤魔化しでしょうね。まあ、スキルが生えたことを喜びましょう」

念願だった新しいスキルだ。戦闘用ではないが、嬉しい。だが、問題はこれではない。

「新しいレシピは？」

「それね。三つも増えたわ」

「三つですか⁉　すごい！」

「まあ、確かに三つなんだけど、実質一つの種類だと思う。強化ポーションっていうやつ。力と速さと防御力の三種類ね。ドーピングアイテムって思っていいわ」

　これ、どうしよう……？

「それは……売れそうですね」

　売れるか売れないかで言ったら間違いなく売れるだろう。

「自分達の首を絞めることにならない？」

「敵と言っていいのかはわかりませんが、他のライバル達に使われたら嫌ですね。効果時間はあります？」

「一時間ね。短いけど、戦闘って考えれば十分でしょう」

「本当にドーピングですね。冒険者だけでなく、軍とかスポーツ選手も欲しがりそうです」

　軍やスポーツ選手はまだいい。俺とは関係ないし。問題は町の不良やヤーさんなどの犯罪組織も欲しがりそうなところだ。需要が大きいため、間違いなく売れるが、さすがに売れない。ないと思うが、もし、これを使われて、カエデちゃんやナナポンが襲われたら嫌だし。

「これは個人で使うわ。売らない」

「ですか……まあ、それが良いでしょうね」

　えっと、材料は……強化ポーション（力）が純水とキラキラ草、強化ポーション（速）が純水とサラサラ草、強化ポーション（防）が純水とフワフワ草ね。いや、舐めてんの？

「ナナカさん、キラキラ草とサラサラ草とフワフワ草って知ってる？」

「はい？」

ナナポンが『何を言ってんだ、こいつ？』という目で見てくる。

「いや、それが材料らしい。そんなふざけた名前の草は地球にはないわよね？」

「だと思います。少なくとも、聞いたことはありません」

だよねー。そうなると、フロンティアにあるかもしれない。鑑定メガネとコンタクトを持っているし、探してみるか。

「鉱山にはないだろうし、エデンの森かクーナー遺跡に行って探してみようかな……もし、できたらナナカさんにもあげるわ」

「いいんです？」

「むしろ、あなたのためね。力はいらないけど、速さと防御力は万が一に備えてあった方がいいし。まあ、どれくらい上昇するかがまだわからないから、まずは作ってみてからね」

ほんの少し上がったぐらいだったらナナポン程度では誤差だろう。まあ、それでも、ないよりかはいい。

「わかりました。まずは作ってみて、ですね」

「そうね。じゃあ、再開しましょう。こうなったらレベルが上がるのが楽しみになってきたわ」

「ですねー。単純に強くなれますし、エレノアさんはレシピが増えるからワクワクが大きいです」

ホント、それ。早く、最後の鍵を作れるようになりたい。

その後もハイドスケルトンを狩り続け、レベル上げを行っていったが、やっぱり今日はもう上がらなかった。

「今日はそろそろやめましょうか……」

時計を見ると、すでに四時を回っている。カエデちゃんの仕事が終わるのは五時だが、俺達がシャワーを浴びる時間もいるし、ナナポンは一度、自分の家に帰るらしいのでその辺も含めると、切り上げ時だろう。

「そうですね……」

ナナポンは同意したものの、俺を見ずに違う方向を見ていた。

「どうしたの？」

ナナポンの目線が気になったので聞いてみる。

「鉱山の外に人がいます。それも大勢」

人？　こんな超不人気の場所に？

「いつ？」

「ついさっきです」

「誘拐犯？　黒スーツにグラサン？」

「いえ、私のぶ……例の人達じゃないです。あれは普通の冒険者ですね」

　襲撃犯ではないようだ。

「ここに来る感じ？」

「いえ、クーナー遺跡と同じでゲート前でたむろってますね。あれはエレノアさん目当てかと」

　エレノアさんのおっかけか……もはやストーカーだわ。

「めんどうね……」

「ホントですよね……」

　ナナポンも嫌なようだ。

「誰が漏らしたのかしら？　さっきの自衛隊の冒険者？」

「いえ、さすがにそれはないでしょう。ギルマスさんが言うには自衛隊の冒険者は基本的にエレノアさんのためにいます。そんなことはしないと思います」

　自分の仕事が増えるようなことはしないか。

「となると、ギルドにいた奴らね。あいつらがネットでつぶやいたから私がフロンティアにいることを知って、ここまで来たか……」

「なんでここってわかったんですかね？」

「クーナー遺跡やエデンの森にいなかったからでしょ。他所をしらみつぶしに探しているってところじゃない？　時間的にもそんな気がする」

　エレノアさんがギルドの受付に姿を現したのが一時頃だから三時間くらい経っていることになる。それくらいもあれば、クーナー遺跡とエデンの森にエレノアさんがいないこともわかるだろう。

「同じ池袋ギルドの冒険者も信用なりませんね」

「初心者ばっかりだしね。バズりたいか、買収されたか……」

どっちみち、最悪だ。

「どうしましょう？」

「どうもこうもないでしょ。打ち上げがあるから帰るわ。ナナカさんは先に行って。怪しまれるかもだけど、こうなったら仕方がないわ……一人で大丈夫？」

ナナポンは声をかけられるのを嫌う。でも、この場合だと絶対に声をかけられるだろう。

「大丈夫です。急いでますからって言って逃げます。自衛隊の方もいますし、しつこくはないと思います」

「私もそうしようかしら？」

完全にナンパのあしらい方だな。

「それがいいと思います。勧誘かオークションのことでしょうし、話を聞く価値はないです」

それもそうだな。相手はマスコミじゃないし、冷たくあしらっても問題はないだろう。そもそもフロンティアで不必要に声をかけること自体がマナー違反だ。しかも、今の俺は女。ネットで何を書き込まれようとも問題はない。

「わかったわ。じゃあ、ナナカさんは先に行って。どっかで待ち合わせる？」

「大丈夫です。ご自宅の場所はわかりますし、準備をして直接伺います」

ナナポン、俺の家を知ってるの？　カエデちゃんが教えたのかな？

「わかったわ。待ってる」

「はい。では、後ほど……」

ナナポンはそう言って、鉱山の出口の方に歩いていった。

少し時間を開けるため、カバンの中から折り畳みの椅子を取り出し、座った。もちろん、ハイドスケルトンを警戒することを忘れない。ハイドスケルトンは見えないが、音を出すため、接近したらわかるのだ。その場でじっと待ち、ひたすら待つ。

そして、十分程度が経つと、立ち上がり、鉱山の出口の方に歩いていった。鉱山から出ると、確かにゲート前に冒険者がたむろっているのが見える。冒険者達は鉱山から出た俺を見て、全員が一斉に俺に向かって歩いてやってきた。

一気に来られると怖いなー……

一応、こいつらが鉱山の中に入る可能性も危惧し、端に避けて歩いていく。だが、当然、冒険者達はそんな俺に向かってきた。冒険者達との距離が十メートル程度になったところでカバンの中に手を突っ込み、剣を抜く。すると、冒険者達の足が止まった。

「何をしているのかね？」

俺と冒険者達との間に自衛隊員が割り込むと、剣を抜いた俺に向かって聞いてくる。

「見てわからないの？　武器を持った屈強な男達が大勢で私を囲もうとしている。自衛のために斬るわ」

そう言うと、自衛隊員がチラッと後ろにいる冒険者達を見る。

「剣をしまいなさい」

自衛隊員が指示をしてきた。自衛隊には逆らわない方が良いかと思い、素直に剣をカバンに入れる。それを確認した自衛隊員は冒険者達のもとに向かった。

「君達、ここで何をしている？」

自衛隊員は冒険者達のもとに行くと、話を聞く。

「ちょっと話をするだけだよ。何か問題でもあるのか？」

ありまくりだよ。

「話？　この大人数でか？」

「別に俺らは同調しているわけじゃねーよ。たまたま一緒になっただけだ」

「本当かね？」

自衛隊員が他の冒険者に確認すると、他の冒険者達は顔を見合わせながらも頷いた。

「ふむ……わかった。だが、フロンティア内では不必要な接触は避けなさい」

自衛隊員は納得したようだが、苦言を呈した。

「なんであんたにそんなことを言われなきゃならないんだ？　個人の自由だろ」

「マナーを守りなさい」

そうだ、そうだ。

「別に法律に違反しているわけではないだろ」

「あちらの女性から身の危険を感じると訴えが来ている」

「俺がそんなことをするわけねーだろ！」

男が怒鳴ると、他の冒険者も頷く。

「あなた達、誰よ？　信用のある人なの？　申し訳ないけど、私は信用できないわね」

一応、言っておこう。怖い、怖い。

「な、なんだと⁉」

俺の言葉に男が怒った。

「……君達、冷静になって考えなさい。こんな薄暗いところで武器を持った大勢の男性が一人の女性を囲む行為が問題ないわけないだろう」

自衛隊員に諭された冒険者達は顔を見合わせる。すると、すぐに状況に気付いたらしく、気まずそうな顔をした。

「少し、話がしたいだけなんだが……」

「私はない。あなた達の要望も全部拒否。どうしても用事がある場合はギルドを通してちょうだい。今のあなた達はナンパを通り越して暴漢にしか見えないわ」

せめて武器は置いてこいよ。殺しちゃうだろ。

「君達、今日は帰りなさい。私も今回はこれを問題にするつもりはないが、これ以上はギルドに報告することになる」

男達はさすがにギルドに報告されるのはマズいらしく、ぞろぞろと引き返していった。

「ねえ、ナナカさんは？」

残っている自衛隊員に聞く。

「君の連れの少女か？　先に出てきたんだが、あの冒険者達を見て、私にゲートまで連れていってほしいと頼んできたから、ゲートまで送った。もうギルドに帰還しているだろう」

なるほど。最初から自衛隊員を頼ればよかったのか。

「そう」

「君も不必要に剣を抜くような行為は控えなさい。向こうが逆上したらどうする」

「ふふっ、死体ができるだけね」

瞬殺じゃい。

「そういうのをやめなさいと言っているんだ。協力しろとは言わないが、不必要な争いは厳罰対象となる。冒険者資格のはく奪もあるし、逮捕もありえる」

「結構、厳しいのね」

「当然だ。冒険者が罪を犯した場合は普通の人より重くなる。気を付けなさい」

まあ、そうだろうね。レベルが上がって普通の人より強いだろうし、スキルもある。

「わかりました。以後、気を付けます」

「うむ。今回のことは問題にはしないが、各ギルドに注意喚起してもらうように通達はする」

「お願いします。私だけでなく、ナンパが多くて嫌なの」

って、ナナポンが言ってた。なお、エレノアさんはナンパされたことない。でも、沖田君は三枝さんに逆ナンされた。

「了解した。その辺も含めてギルドに通達する」

「ありがと」

自衛隊員にお礼を言うと、もう誰もいないゲートに向かって歩いていく。そして、ゲートをくぐり、ギルドに帰還した。

ギルドに戻ると、受付に向かう。時刻はまだ五時にはなっていないが、受付にはそこそこ人が並んでいた。しかも、俺のカエデちゃんのところにも数人並んでいる。並ぶのがめんどくさいなーと思いながらもカエデちゃんのところに並ぶ。

「あの、エレノアさんですか？」

スマホを見ながら待っていると、前にいる冒険者が声をかけてきた。

「そうね」

スマホを見たまま答える。

「ソロですか？」

「そうかもね」

断言はできないね。ソロじゃないもん。

「組みませんか？」

「組まない」

「そうですか……頑張ってください。応援してます」

「ありがとう。あなたも頑張ってね」

やっぱり人がいると嫌だな。カエデちゃんに残業させた方が良かったかもしれない。

今度からはカエデちゃんには悪いが、五時以降に戻ることにし、待ち続けた。そして、俺の番になったのでカエデちゃんに武器を渡し、ドロップしたスケルトンの剣を提出する。

「人が多かったわ」

「ナナカちゃんに聞いています。ご苦労様でした」

ナナポンが先に言ったか……

「ちょっと今後のことを考えないといけないわね……まあいいわ。ナナカさんは？」

「ナナカちゃんはもう帰られましたね」

シャワーを浴びずに帰ったか……まあ、自分の家の方がいいか。俺もそうしようかな。

「じゃあ、私は買い物をして帰るわ」

「わかりました。少々、お待ちください。精算をしてきます」

やっぱり他人行儀のカエデちゃんは嫌だなー。

その後、笑顔五十パーセントのカエデちゃんから本日の明細を受け取り、家に帰ることにした。


家に帰り、帰りに買った酒類を冷蔵庫に入れて風呂場に向かった。黒ローブや下着を脱ぎ、脱衣所にあるカゴに入れる。洗濯はカエデちゃんがやってくれるのでカゴに入れて、放置しておくと、明日には俺の部屋に畳んで置いてあるのだ。カエデちゃんは本当にできた子である。なお、カエデちゃんの服や下着は見たことがない。

素っ裸になり、ＴＳポーションを飲んで男に戻る。そして、軽くシャワーを浴びてタオルで身体を拭き、服を着た。

「うーん、沖田君だなー」

鏡を見て、頷く。

けっして、人斬りには見えない。

自分の顔に納得してリビングに戻り、カエデちゃんの帰りとナナポンが来るのを待つことにした。

ソファーに座ってテレビを見ながらしばらく待っていると、玄関の扉が開く音がしてすぐにリビングの扉が開いた。

「せんぱーい、ただいまー」

カエデちゃんが帰ってきた。もちろん、笑顔百パーセントのいつものカエデちゃんだ。

「おかえりー。今日もお疲れ様」

カエデちゃんをねぎらうと、カエデちゃんが隣に座ってきて、ぐでーっとした。

「いやー、今日は多かったです」

あれで？　普通に少なかったような気もするけど。まあ、触れないでおこう。

「大変だったねー」

「ですー。あ、先輩も大変だったみたいですね？　さっきは周りに人がいたんで詳しく聞けなかったんですけど、ダイアナ鉱山に冒険者が来たんですって？」

ソファーにぐったりしていたカエデちゃんが姿勢を正して聞いてくる。

「そうそう。多分、ギルドにいた連中がチクったね」

「あちゃー。ちょっと考えないといけませんね」

「まあね。ナナポンが来たらその辺も話してみるわ」

打ち上げだけど、まあ、大事なことだからいいだろ。

「先輩、一応、聞いておきます。ナナカちゃんに家の場所を言いました？」

「言ってないよ。でも、知ってるってさ。カエデちゃんが言ったんじゃないの？」

「言ってないですねー……まあ、いいか。着替えてきますよ」

カエデちゃんがそう言って立ち上がった。カエデちゃんは普通に上がセーターのパンツスタイルであり、そのままでも問題ないような気もするが、本人がそう言っているので止めはしない。

「いってらっしゃーい」

「先輩、シャツとニットだと、どっちがいいです？」

「ニット」

「了解でーす」

カエデちゃんは笑顔で敬礼をし、自分の部屋に行ってしまった。

ね？　かわいくて良い子。

上機嫌でカエデちゃんを待っていると、カエデちゃんはすぐに着替えて戻ってきた。もちろん、要望通りにニットを着ている。

「カエデちゃんは本当にかわいいね」

「でしょー」

俺達は本日のデイリーミッションをクリアすると、ピザを頼み、ナナポンが来るのを待った。

そして、しばらく待っていると、ピンポーンというチャイムが鳴ったのでカエデちゃんが立ち上がり、リビングにあるモニターを見にいった。

「あ、ナナカちゃんですね。出てきます」

どうやらナナポンが来たらしい。カエデちゃんが玄関に迎えにいくと、すぐにナナポンを連れてリビングに戻ってきた。なお、ナナポンはめっちゃ冷たい目で俺を見ている。

「いらっしゃい……お前のその顔は何？」

「エレノアさんでお願いしますって言いましたよね？」

そういえば、そんなことを話した気がする。

「カエデちゃんもいるし、大丈夫じゃねーの？」

「エレノアさんでお願いします」

もうね……沖田君がこの子と仲良くなる未来がまったく見えませんわ。

「わがままナナポンはしょうがないなー」

同棲の家に来るのは生々しいから嫌って言ってたし、気になってしまうんだろう。こいつ、むっつりだし。

ソファーから立ち上がると、リビングを出て、自室に入った。そして、服を脱ごうとして、ローブを脱衣所の洗濯カゴに出したままなことに気が付いた。ローブを取りに脱衣所に向かったのだが、洗濯機がすでに動いているのを見て、固まる。カエデちゃんが洗濯をしてくれたのだ。

「うーん……ジャージでいいかな？」

脱衣所を出ると、リビングに戻った。

「ナナポン、エレノアさんの服がないからジャージでもいい？」

リビングに戻り、ナナポンに聞いてみる。

「えー……エレノアさんがジャージですか？　似合わないと思います」

それで美容院に行った俺に謝れ。

「でも、服がないんだよ」

「エレノアさんって、あの黒ローブしか持ってないんです？」

「ないね」

通販で買った初代黒ローブは紛らわしいので引っ越しの際に処分した。

「服くらい買ったらどうです？」

「女物の服はわからん」

興味もない。

興味があるのはカエデちゃんの服だけ。

「先輩、私の服を貸しましょうか？」

カエデちゃんが変なプレイを提案してくる。

「カエデちゃんの？　うーん、じゃあ、洗濯物を増やすのもあれだし、さっきのやつを貸してよ」

カエデちゃんがさっき着てたセーター。

「……まあ、いいですけど」

カエデちゃんは提案してきたくせにちょっと嫌そうだ。

カエデちゃんが立ち上がり、自分の部屋に向かったのでついていく。カエデちゃんは自分の部屋の前まで来ると、ピタッと足を止めた。

「先輩の部屋に持っていくのでエレノアさんになっておいてくださいよ」

それもそうだな。ついついカエデちゃんの部屋に行こうと考えてしまった。

「じゃあ、持ってきて」

すぐ近くの自分の部屋に入ると、服を脱ぎ、ＴＳポーションを飲んだ。そして、なんとなく毛布で身体を包む。

「せんぱーい、入っても良いです？」

「いいわよー」

入室の許可を出すと、カエデちゃんがきちんと畳んだ服を持って入ってきた。

「何してんですか？」

カエデちゃんが毛布で身体を隠している俺に聞いてくる。

「いや、マッパだから」

「下着くらいはつけてくださいよ」

「でも、もう洗濯したし」

また洗濯するのめんどくない？

「そのくらいやりますよー。どうせ自分の分も洗濯しますし」

「じゃあ、お願い」

「はい！　掃除、洗濯は得意なんで！」

カエデちゃんはそう言うが、一向に部屋から出る気配がない。

「いや、出てってよ」

「ダメです。私が見てるところで着替えてください」

えー……マジで変なプレイじゃん。

「嫌よ。恥ずかしい」

「私も先輩に服の匂いを嗅がれるのが嫌です」

………………。

「そ、そんなことしないよー。するわけないじゃん」

「口調が戻ってる時点でお察しです」

………………。

「着ようっと」

毛布をベッドに投げた。

恥ずかしい？　男はそんなことは思わん。

素っ裸でタンスに向かい、下着を取り出し、装着する。そして、カエデちゃんに見張られながらカエデちゃんの服を着た。なお、ヤーターを着る時にこっそり嗅いだけど、やっぱり良い匂いだった。

「おー！　カエデちゃんに包まれている！」

カエデちゃんの服を着ると、思わず、感想が漏れてしまった。

「先輩……さすがにキモいです」

キモいのは沖田君じゃないから……エレノアさんだから。

カエデちゃんの服を着た俺はカエデちゃんと一緒にリビングに戻った。ちょうどそのタイミングで頼んでいたピザも届いたので冷蔵庫から酒を出し、打ち上げを開始する。

「「かんぱーい」」

俺達はピザをローテーブルに置き、ソファーに座りながら乾杯をした。

「いやー、特に何もしてないのに二億も入りましたよー」

ナナポンがアルコール度数の低くて甘い缶酎ハイをご機嫌に飲み始める。

「あなたは捕まったじゃない」

「まあ、そうですね。あれで二億ならもう一回捕まってもいいです」

「今度は暴力を振るわれるかもしれないわよ？」

もっとひどいことをされるかもよ？

「……もう捕まるのはいいです」

そうしなさい。

「二人共、自重してくださいね」

「私は別にお金を使ってもいいでしょ」

じゃないとカエデちゃんと豪遊できない。

「先輩は微妙に好戦的なところを直してください。普段は温厚なくせに剣を持つと、すぐ抜こうとしたり、相手を煽ったりするのをやめてください」

「煽ったっけ？」

「サツキさんを煽ってたじゃないですか。言っておきますけど、あの人も好戦的ですからね」

まあ、そんな感じはする。

「ふーん、まあ、気を付けるわ」

そういえば、今日もあの冒険者達相手に抜いたな。

「お願いします」

いのちだいじにの精神で行くことを忘れないようにしよう。

「あ、そういえば、これどうぞ」

ナナポンがいつも持ってるリュックから包装紙に包まれた箱をカエデちゃんに渡す。

「何これ？」

カエデちゃんが箱を見ながらナナポンに聞く。

「引っ越し祝いです。よくわかんなかったんでコーヒーセットにしました」

律儀な子だなー。学生はそんなことを考えなくてもいいのに。

「ありがとうね」

「ナナカちゃん、ありがとー」

俺とカエデちゃんはお礼を言う。

「いえいえ。でも、本当に一緒に住んでるんですね。同棲……じゃない、ルームシェアってどうです？」

「特に問題はないよ。早出の時とかに先輩がグースカ寝てるのを見ると、仕事を辞めたくなるくらい」

まあ、そうだろうね。逆の立場でもそう思うわ。

「私、就職するの止めようかな……エレノアさんは？　何かあります？」

「んー？　カエデちゃんが自分の部屋の鍵を閉めることくらいかなー。寝る時も出かける時もお風呂に入っている時すら鍵をかけてる。ひどいよね」

信用ゼロ。

「ひどいのは沖田さんです。めちゃくちゃ侵入しようとしてるじゃないですか。しかも、寝る時って……沖田さんは最低です」

まーた、ナナポンの沖田君の評価が落ちたわ。

「毎晩、ドアからガチャガチャと音がしますね。もはや、あの音が寝る合図ですよ」

カエデちゃんは俺が部屋に夜這いをかけようとしていることに気付いているらしい。そりゃそうか。

「こわー……」

沖田君の評価がますます落ちていく。言っとくけど、結婚するんだぞ！（予定）

「そういえば、ナナカさん、あの後、どうだった？　絡まれた？」

「露骨な話題逸らし……いえ、小屋の前にいた自衛隊の方に付き添ってもらいました。そうすれば、さすがに声はかけてきません」

「それを聞いたんだけど、女性冒険者って声をかけられることが多いでしょ？　どうしてるの？」

さっき好戦的なところを控えろって言われたし、知っておきたい。当たり前だが、沖田君は声をかけられることなんてほぼないから、わからないのだ。

「どうしてるって……うーん、まず一人で行かないとか、人気がない所は避けるとかですかね？」

「あなた、どっちもダメじゃないの」

ソロで人がいないところで活動していたナナポン。まあ、透視があるからなんだろうけど。

「まあ、そうですね。正直、私に聞かれても……経験もそんなにないですし」

同じEランクだもんなー。キャリアも浅いし、大学に通ってからは行ってなかったらしい。

「カエデちゃん、ギルド的にはどうなの？」

詳しそうなカエデちゃんに聞いてみる。

「女性冒険者は基本的にパーティーを組むことを推奨していますね。あとはゲート前に長居しないことです。ゲート前はモンスターがほぼ出ないこともありまして、セーフティーゾーン扱いになっています。それもあって、勧誘したり、臨時パーティーを募集する場所にもなってるんですよ。なので、声をかけるならそこですし、その分、ナンパも多いです」

なるほどねー。

「カエデちゃんが現役の時も多かった？」

「私達はパーティーですし、リーダーがAランクですからね。ちょっかいはかけてきませんよ。ただ、ギルド内では多かったです」

カエデちゃんはかわいいからなー。俺もパーティーに入ってほしいもん。

「うーん、私達では無理か……自衛隊の人が各ギルドに注意喚起をするって言ってたけど、効果はある？」

「数週間はあります。でも、すぐに元通りです。昔からそうですね」

やっぱりか……

そうだろうとは思っていた。もし、効果があるならとっくにあんな連中は消えている。

「うーん……」

「どうしたんです？　ダイアナ鉱山はもうやめるんですか？」

「もう私があそこにいるのがバレちゃったからね。それにレベルが7になったし、次のステップに行こうかと思っているの」

「あ、レベルが上がったんですね！　良かったですねー」

　カエデちゃんは自分のことのように喜んでくれた。

「スキルも手に入れたわね。私も持ってますね。話術ってやつ」

「話術ですか。面接の時に役立ちます」

　はたして、俺が面接をする時があるんだろうか？

「微妙ね。でも、新しいレシピは微妙じゃないわよ」

「何を作れるようになったんです？」

「強化ポーションね。力と速さと防御力が上がる三種類」

「……それはマズいような気がします」

　やっぱりカエデちゃんもそう思うらしい。

「私もそう思う。だからこれは売れないわ」

「そうした方がいいです。それを発表したらエレノアさんを狙う人が増えます。おそらく、かなり過激な者も出てきます。やめましょう」

　カエデちゃんがそう言って、俺の手をそっと握ってきた。

「そうね。これで儲けるよりかはアイテム袋や回復ポーションで儲けた方がいい。サツキさんにもそう伝えて」

「わかりました」

カエデちゃんの俺の手を握る力が強くなる。エレノアさんじゃなかったらハグしてたわ。

「あのー、強化ポーションはわかりましたけど、ダイアナ鉱山をやめたらどこに行くんです？」

ナナポンが俺達のやり取りにまるで興味なさそうにピザをもぐもぐしながら聞いてくる。

「他に良い所ない？」

「ないですね。あそこが特殊なんですよ」

まあ、そう都合よくはいかないか。

「しょうがないわね。こうなったら普通に行くしかないわ」

いずれはダイアナ鉱山にいることがバレるとは思っていた。思ったより遅かったけどね。ダイアナ鉱山って、どんだけ人気ないんだろ……

「でも、先輩、ナナカちゃんはどうするんです？　一緒に行動してることがバレます」

「わかってる……ナナカさん、あなた、男になるのと仮面を被るのだと、どっちがいい？」

こうなったら変装作戦しかない。

「どっちも嫌です」

「じゃあ、沖田君と冒険する？」

本来はそれで問題ないのだ。

「えー…じゃあ、仮面を被りまーす……」

そんなに沖田君のことが嫌なん？　めちゃくちゃ傷つくわ。

寂しさのあまり、繋いでいるカエデちゃんの手をさする。

「仮面ですか？」

カエデちゃんは手をさすってもまったく気にせずに聞いてきた。

「ナナカさんは透視があるからね。仮面を被ろうが、タオルで顔を覆おうが問題ないのよ」

「いや、単純に息苦しいし、暑いですけどね……」

ナナポンがボソッとつぶやく。

「我慢なさい」

「肌が荒れたらどうするんですか!?」

女子だなー。でも、まあ、大事なことか。

「帰りにポーションをあげるからそれで顔を洗いなさい」

「じゃあ、それでいきます」

まあ、五十万円で売れるとはいえ、原価は六百円だし、赤字にはならないからいいか。

「んー？　ポーションで顔を洗うって何です？」

カエデちゃんが聞いてくる。

「あれ？　エレノアさん、朝倉さんに実験結果を説明してないんです？　私、ポーション風呂に入らせてもらおうと思って、着替えを持ってきたんですけど」

そういや、前にそんなことを言ってたな。

「ポ、ポーション風呂!?　何ですか、その贅沢の極みみたいなものは？」

カエデちゃんが呆れたように驚き、聞いてきた。

「朝倉さん、朝倉さん、その握っているエレノアさんの手を見てください。ものすごいきれいでしょう?」

「た、確かに!」

カエデちゃんが俺の手をさすってくる。

「沖田さんの実験によると、ポーションで顔を洗えばニキビも治るし、ポーション風呂に入ると、肌がぴちぴちになるそうです」

「へー……え? 先輩、なんで教えてくれなかったんです?」

「いや、寒いし。ポーションは熱を加えると、ダメなんだよ。今の時期は激寒だよ? だから春になったら教えようかと……」

さすがに十一月に水風呂は風邪を引く。

「なるほど。じゃあ、先輩、用意してきてください」

人の話を聞いてた?

「風邪引くよ?」

「回復ポーションがあるじゃないですか。それに風邪を引いても先輩が看病してくれるでしょう?」

今、俺の頭の中に風邪を引き、寝込んでいるカエデちゃんの身体を拭く俺の姿が浮かんでいる。

「確かに回復ポーションがあるか……まあ、長風呂しなきゃ大丈夫だろ」

握っているカエデちゃんの手を離すと、立ち上がり、自分の部屋にあるカバンを持って、風呂場に向かう。そして、浴槽に回復ポーションを注いでいった。

別に良いんだけど、これ、時間がかかるんだよな……いや、打ち上げは？

首を傾げながらも浴槽に回復ポーションを注ぎ終え、リビングに戻った。

「できたよー」

リビングに戻ると、二人にそう言い、ソファーに座る。そして、酒を飲みながらピザを食べるという行為を再開した。

「じゃあ、朝倉さん、お先にどうぞ」

「うん、行ってくる」

ナナポンがカエデちゃんに先に入るように言うと、カエデちゃんが立ち上がり、リビングを出ていった。おそらく、準備をしている間に順番を決めたのだろう。

「どうせ、すぐ上がるだろうからカエデちゃんの好きなココアを淹れてあげましょう」

お湯を沸かしにキッチンに行く。

「おー！　エレノアさん、優しい！」

「でしょー。あなたも飲む？」

「じゃあ、私が入ったら淹れてください」

「はいはい」

やかんに水を入れ、お湯を沸かし始める。そして、棚からコップを二つ出し、ココアの粉を入れ、ソファーに戻った。

「あなた、お酒はどう？　初めてでしょ？」

そこそこ飲んでいるが、酔っているようには見えない。

「大丈夫そうですね。今のところは特に酔った感じはないです」

強いのかもしれない。少なくとも、まったくダメってことはないだろう。

「まあ、適度に飲みなさいよ。学生のうちは無茶するもんだから」

「沖田さんもです？」

「そうね。カエデちゃんには多大な迷惑をかけたわ。おかげで、いまだに部屋に入れてくれない」

「もしかして、テーブルを斬ろうとしたり、電柱を斬れるって言ってたことですか？」

カエデちゃんはすぐバラすなー。でも、電柱を斬れるなんて言ったっけ？　そんなもんを斬ってどうすんだよ……

「そうね。あれから無茶飲みはやめたの」

「そうは言っても、あなた方はかなり飲んでません？」

まだ、四缶目くらいだ。ナナポンがいるし、そんなに飲む気はない。

「このくらいはまだね……イッキとかをしなければ大丈夫よ」

「ですかー……あ、さっきの話ですけど、私、どんな仮面を被ればいいんです？」

「好きなのを被りなさいよ。ひょっとこでも骸骨でもいいわよ」

「どっちも嫌ですよ……すぐに話題になっちゃいます。むしろ、そんなのを連れているエレノアさんが笑われますよ」

確かに……変なお面を着けている奴と一緒にいる魔女。ひどいな……

「うーん、まあ、顔を隠せることができればいいからねー」

「ちょっと考えてみますよ。また大学に行かないといけないですし、時間をください」

「そうね。大学を優先しなさい」

「はい、師匠」

うんうん。その素直さをほんの少しだけでいいから沖田君にも分けてあげて。

俺とナナポンが話していると、キッチンからピーという音が聞こえてきた。立ち上がってキッチンに行き、火を止める。そして、ココアの粉を入れておいたコップにお湯を注ぐと、ココアの甘い匂いが漂ってきた。

「寒いよー……」

ココアを淹れ終えると、ちょうどカエデちゃんがリビングに戻ってきた。ココアが入ったコップを持ってリビングに戻り、ソファーの前のローテーブルに置く。

「シャワーを浴びてから上がりなよ……ほら、カエデちゃん、温かいココアだよー」

「おー……さすが先輩！　気が利くなー！　愛してまーす」

うんうん。

カエデちゃんは両手で持ち、手を温めながらココアを飲みだした。

「じゃあ、次は私が入ってきます。エレノアさん、私は猫舌なんで、もう淹れておいてください」

　ナナポンはそう言って、立ち上がった。

「猫舌？　じゃあ、アイスココアにする？」

「本末転倒じゃないですか……」

「冗談よ。ちゃんと上がったら温かいシャワーを浴びなさいよ」

「はーい」

　ナナポンはいつものうさぎのリュックを持って、リビングを出ていったのでナナポンの分のココアも準備した。

「先輩、見て、見て！」

　カエデちゃんはココアをテーブルに置き、袖を捲り上げ、手と腕を見せてきた。

「きれいになったねー」

　正直、わからない。だって、カエデちゃんは元々、肌が荒れているわけではないし。

「いや、触ってくださいよ。絶対にわかってないでしょ」

　バレた。

「どれどれ」

　カエデちゃんの腕をさわさわと撫でると、手を取り、握った。

「さっきより、すべすべしてるね」

「でしょー！　早く教えてくださいよー」

「ごめん、ごめん」

　やっぱり女子はこういうのに食いつくな……

「もう！　でも、寒いですね」

　カエデちゃんはココアを取り、飲みだす。

「暖めてあげようか？」

　そう言うと、カエデちゃんが半笑いで俺を見てきた。

「先輩、エレノアさんですよ」

　……ダメだったわ。

「戻ったらナナポンが怒るかな？」

「絶対に怒ると思います」

「あの子、沖田君と仲良くなる気はないのかね？」

「多分、ないです。あの子、先輩というか、エレノアさんに憧れているんです」

　わからん。同一人物だというのに……

「もう諦めよ。あいつに何を言っても無駄だ」

　エレノアさんと仲良くなればなるほど、沖田君不要論がナナポンの中で固まってしまっている。

　もはや、弱男性恐怖症どころの話ではない。

「ですねー。どうでもいいですけど、口調が沖田先輩ですよ？」

「家にいんのにエレノアさんは嫌だわ。せっかくカエデちゃんと飲んでるのにさー。ハグもできないし」

「いや、別にハグすればいいじゃないですか」

「今度に取っておく」

二人で打ち上げした時にする。

「まあ、いいですけど、その辺は本当に気を付けてくださいね。沖田先輩の姿でエレノアさん口調は嫌ですよ」

俺も嫌だわ。

「気を付けてるから大丈夫だよ」

「じゃあ、まあいいですけどね。そろそろナナカちゃんが戻ってくるし、エレノアさんになっておいた方がいいですよ？」

長風呂はしないだろうしなー。

「そうするわ。ところで、カエデちゃんはエレノアさんと沖田君だったら沖田君の方がいいよね？」

「そりゃねー。私の知っている先輩は沖田先輩の方ですから」

私の好きな先輩に聞こえた。

「そういえばさー。さっき言った強化ポーションの材料がキラキラ草とサラサラ草とフワフワ草なんだけど、カエデちゃんは知ってる？」

カエデちゃんは俺らよりキャリアがある冒険者だったし、ギルドの職員だ。しかも、鑑定持ち。知っているかもしれない。

「あー……フワフワ草は知ってます。クーナー遺跡に生えてますよ。他はちょっとわかんないですね。池袋ギルドは初心者が多いんで持ち込まれる物もエデンの森かクーナー遺跡なんですよ」

ということは、キラキラ草とサラサラ草は違うところに生えているのだろう。しかし、フワフワ草がクーナー遺跡にあるのは良かった。フワフワ草があれば、強化ポーション（防）が作れるので軽装である俺やナナポンには有用だ。

「フワフワ草って売ってるの？」

「売ってませんねー。フワフワ草は文字通りフワフワした草です。触り心地はいいんですけど、それだけですね。当然、需要はないです」

採りにいくしかないか……まあ、クーナー遺跡なら沖田君が行けばいい。一人でも余裕だし、沖田君なら他の冒険者に絡まれない。

「今週はナナカさんが大学に行くし、変装を考えるらしいから沖田君がクーナー遺跡に行くことにするわ」

「おー！　久しぶりの先輩です！」

カエデちゃんも喜んでくれている。

「さすがに行かないとマズいでしょうからね。沖田君のステータスカードはギルドにあるわけだし、まったく冒険をしていない人がレベルが上がっているのはちょっとね」

「まあ、そこは大丈夫ですよ。先輩のステータスカードは私が持っていますので」

まーた、カエデちゃんが持ってるよ。

「なんでカエデちゃん？　ちょうだいよ」

「二枚あると困惑するでしょうし、さすがに先輩のカードまでは渡せません。他のギルド職員が怪しみます」

「いや、カエデちゃんが持ってても怪しいじゃん」

意味ねーよ。

「同棲する彼氏のステータスカードを肌身離さず持ってる痛い子ちゃんということになってます」

犯人はサツキさんと見た！

「じゃあ、しょうがないわね」

同棲する彼氏のためだもん。

「まあ、そんな彼氏さんがまったく来ないのは問題なので来てください」

なんか行きづらくなったな……

「一緒に行きましょうか」

「起きられますー？」

「大丈夫、大丈夫」

「ふーん……じゃあ、そうしましょうか」

カエデちゃんは疑っているが、どことなく嬉しそうだ。

「電車は気が重くなるからタクシーにしよう」

朝の満員電車に乗ると、昔を思い出してしまう。

「ですね。それがいいです。明日にします？　明後日休みなんで仕事終わりに飲みに行きましょうよ」

「いいねー。お持ち帰りしちゃおっと！」

「そら、そうでしょうよ」

まあね。帰るところは一緒だもん。

俺とカエデちゃんが明日の予定を決めていると、リビングの扉が開いた。

「いやー、朝倉さんが言うように寒いですよ」

ナナポンはさっさとソファーに座り、ココアを飲みだす。

「すべすべになった？」

一応、聞いてみる。

「なりましたね！　すごいです！　でも、今度は春にします。地味に寒いです」

俺がやったのは十月だったけど、それでも寒かったもんなー。自分でもこんなしょうもない実験をよくやろうと思ったなと思うが、二人が喜んでくれたのなら実験して良かったわ。

その後、カエデちゃんとナナポンが満足したところで打ち上げを再開し、遅くまで盛り上がった。打ち上げが終わった時間は夜の十一時だったため、さすがにタクシーを呼び、ナナポンを帰らせると、俺達も次の日の朝が早いので寝ることにした。

一応、トイレに行った後にカエデちゃんの部屋の前に立ち、ドアノブをひねってみる。でも、やっぱり鍵がかかっていた。

無念……もうやめよ……

第二章

Chapter 2

「せんぱーい、朝ですよー。目覚ましをガン無視してないで起きてくださーい」

俺はかわいい声と身体を揺すられることで目が覚める。目の前にはパジャマを着たカエデちゃんが困った顔で俺を見ていた。

「あれー？　カエデちゃんがいる？」

「そら、いますよ。一緒にギルドに行くんでしょ。起きてくださいよ」

そう言われたので枕元にあるスマホを取り、時間を確認する。時刻は七時をちょっと過ぎたあたりだった。

「七時かー……眠いなー。布団が気持ちいいなー」

「気持ちはものすごくわかります」

カエデちゃんがうんうんと頷く。

「一緒に寝る？　暖かいよ？」

「布団の魔力を払ってください。魔女でしょ」

エレノアさんは魔法を使えないから……でも、まあ、起きるか。

昔はこの時間に起きた時、死にたい気持ちになっていた。でも、今はそこまで辛くない。何より、カエデちゃんがわざわざ起こしてくれたことが嬉しい。だって、カエデちゃんも一緒に行きたいということなのだから。

「あー、起きるわ」

身体を起こし、布団をどかせた。

「おはようございます」

起き上がり、ベッドに腰かけた状態になると、カエデちゃんが両肘をベッドにつき、両手を頬に当てながら見上げてくる。

「おはよー。カエデちゃんは今日もかわいいね」

挨拶を返しながらカエデちゃんの頭を撫でた。

「デイリーミッション達成でーす。早いですね？」

「まあね」

いつものおしゃれなカエデちゃんもかわいいけど、今のカエデちゃんもかわいい。その跳ねた毛先とか。

「じゃあ、私もデイリーミッションを達成しなくては！」

「そのパジャマ姿で達成したよ」

かわいい。

「ダメです。これではおしゃれマスターカエデのプライドが許しません」

「カエデちゃん、おしゃれだと思うけど、そんなに派手じゃなくない？」

大学の時はもうちょっと肌を見せてたし、明るい服が多かった気がする。

「おしゃれマスターも二十四歳なんですよ。年相応というものがあります……」

大人になったということか。

「俺は今のカエデちゃんのファッションの方が好きだなー」

「そら、そうですよ。先輩が好きそうな服を選んでますし」

ね？　めっちゃ良い子。

「俺、白系の服が好き」

「知ってます。あと、長いスカートですね。意外にもそっちの方が反応が良かったです」

まあ、そうなんだけどさ。短いスカートは目の保養になるけど、好きなのは長いスカート。

「あ、あの微妙にふわっとした髪型が良い」

再会して最初に飲みにいった時のやつ。

「はいはい。今日はそれでいきましょう。さあ、準備をしますよ。ご飯を用意するので先輩は顔を洗ってください」

「そうするわー」

ベッドから立ち上がると、脱衣所に行き、洗面台で顔を洗う。

「冷た」

でも、この冷たさで眠気が取れた気がした。

顔をタオルで拭いてリビングに向かう。すると、キッチン前のテーブルにはすでにご飯が用意されていた。メニューは白いご飯と鮭と味噌汁だ。

「今日は和風だね」

席につくと、牛乳を持ってきたカエデちゃんに聞く。カエデちゃんは毎日、牛乳を飲んでいるのだ。

「昨日がピザでしたからね。ささ、丹精込めて作った朝ご飯です」

「さすがカエデちゃーん。いただきまーす」

俺達は冷凍食品とインスタントの朝ご飯を食べ始める。

「今日はクーナー遺跡でフワフワ草の採取でいいんですね？」

カエデちゃんがご飯を食べながら確認してきた。

「そうだね。鑑定メガネを使ってフワフワ草を探しつつ、スケルトンでレベル上げかな？　百体ほど倒さないといけないし」

「あー、そうですね。百体でDランクです」

前にカエデちゃんと約束したDランクへのランクアップ条件がスケルトンを百体ほど倒すことなのだ。

「今日はそれだね。まあ、丸一日だし、適当にやるよ」

一日も戦ってられない。冒険者になった時にブラック反対の旗を掲げたのだ。まあ、回復ポーションがあるから疲れないんだけどね。

「わかりました。今日も五時に終わるんでそのくらいに戻ってきてください」

五時ね。そこから着替えとかをすれば、ちょうどいい時間だろう。

「わかった」

今日の予定を決めると、ご飯を食べ終え、ナナポンからもらったコーヒーをカエデちゃんと飲む。

「朝はコーヒーですねー。でも、これ結構、高いやつですね。ナナカちゃん、やっぱり散財してるな」

そもそも学生が気を使わなくてもいいのにね。

「あいつ、変なところで律儀だからなー」

「真面目な子なんですよ」

それには同意できない。真面目な子はカンニングしない。

俺とカエデちゃんがコーヒーを飲み終えると、カエデちゃんが立ち上がり、皿やコップをまとめ始めた。

「カエデちゃんは準備に時間がかかるだろうし、俺が洗っとくよ」

男は服を着るだけで終わるし、すぐだ。

「おー！　先輩、優しい！」

「ふっ、スパダリと呼んでくれ」

「何十億も稼げば、それだけでスパダリですよ」

それは俺もそう思う。金の力は偉大なのだ。この金の力で食洗器でも買うか？

「まあ、洗い物くらいは任せておいてよ」

「じゃあ、お願いしまーす」

カエデちゃんが席を立ち、リビングから出ていったので洗い物を始める。とはいえ、所詮は二人分なのですぐに終わった。

洗い物を終えると、自室に戻り、着替え始める。そして、着替え終わったのでリビングでカエデちゃんが来るのを待つことにした。

「お待たせしましたー！」

しばらく待っていると、カエデちゃんも準備が終わったようでリビングにやってきた。

カエデちゃんは俺の要望通りに白いセーターにロングスカートを穿いていた。もちろん、髪もふわっとした非常にかわいらしい格好だ。

「デイリーミッション達成だねー」

「ふっ、こんなものです」

カエデちゃんがモデル立ちをする。でも、モデルさんのようにかっこいい系ではなく、かわいらしい格好なカエデちゃんでは背伸びしている子にしか見えなかった。

「じゃあ、行こっか」

「はーい。あ、先輩、今日は一日ですよね？　昼に食べてください」

カエデちゃんはそう言うと、キッチンに行き、ランチボックスを渡してくれる。

「おー！　愛妻弁当！」

「ですです。愛情がつまったピザです」

昨日の残りやんけ。

「まあいいや。ありがとう」

ランチボックスをアイテム袋となっているカバンに入れ、肩にかけた。

「いえいえ。では、行きましょう」

カエデちゃんは返事をすると、俺の腕に手を回し、腕を組んでくる。

「これで行くん？」

「いえ、玄関までです。これは昨日のハグの分ですね」

玄関までかよ……短いなー。

「よーし、同伴出勤だ」

「……いや、その通りなんですけど、なんか嫌ですねー」

ぶっちゃけ、ギルド職員は同棲する彼氏と同伴で来たバカップルって思うよ。

俺とカエデちゃんは家を出ると、呼んでおいたタクシーに乗り込んだ。出勤にタクシーを使うという贅沢だが、電車は嫌だし、自家用車もない。車を買う金はあるが、ペーパードライバーなので運転する自信がちょっとないのだ。

俺達がタクシーでペチャクチャとしゃべっていると、ギルドの裏口に到着した。カエデちゃんはタクシーから降りて腰を屈め、タクシーの中を覗いてくる。

「じゃあ、先輩、また後で。私は八時半からなので、それ以降に来てください」

今の時刻は八時十分だ。

「わかった。じゃあ、頑張ってね」

「はい。先輩も」

カエデちゃんがギルドの裏口に向かっていったので運転手さんにギルドの表口まで行くように頼む。当然、裏口から表口に回るだけなのですぐに到着した。タクシーの運転手に料金を払い、タクシーを降りる。そして、ギルドに入っていった。

ギルドのロビーには予想通り、他の冒険者はいなかった。まあ、昼間もいないし、朝から活動する冒険者は少ないので予想はしていたが、心配になる光景だ。ひとまず、更衣室に行き、着替えることにする。

更衣室に入るも、誰もおらず、貸し切り状態であった。

「都内でこれってどう考えてもヤバいよなー……」

ホント、大丈夫なのかね？

エレノアさんではなく、沖田君の実力で頑張って、ここを人気にしようと決意し、着替え始める。服を脱ぎ、インナースーツとコートを着終えたので備え付けの洗面台の鏡を見た。

「うーん……今さらだけど、軽装備でいいんだろうか？」

重いし、暑そうだから鎧を着る気はなかったが、調べてみると鎧を着ている冒険者は多い。というのもフロンティアの謎素材には軽くて丈夫な金属もあり、軽い鎧というのもあるのだ。

「まあいいや。あとで考えよう」

経験のあるカエデちゃんに聞こう。

着替えを終えると、スマホを取りだし、フワフワ草について調べてみる。すると、意外にも結構な数のサイトがヒットした。フワフワ草はカエデちゃんが言うようにクーナー遺跡に生えている草らしい。特に毒もなく、危険のない雑草っぽい。ただ、見た目は完全にねこじゃらしだ。

「ふーん……」

フワフワ草を調べていると、八時半になったので、スマホをしまい、更衣室を出た。受付にカエデちゃんが座っていたのでまっすぐ向かう。

カエデちゃんはさっきのかわいらしい格好ではなく、ギルドの制服に身を包み、髪形も後ろで一本に結んでいた。

「さっきぶりー」

「はーい、さっきぶりでーす」

受付に行き、挨拶をすると、カエデちゃんが笑顔百パーセントで挨拶を返してくれる。やはり、カエデちゃんはこっちの方がいい。エレノアさんの時の他人行儀は嫌だわ。

「ねえねえ、俺の格好ってどう思う？」

「ん？　この前買ったコートですね……という感想しか浮かびませんけど、どうしたんです？」

かっこいいですーって言ってよ、痛い子設定の彼女ちゃん。

「鎧とかじゃなくて大丈夫かな？」

「うーん、どうでしょう？　十分だとは思いますけど、こればっかりは人によりますんで」

まあ、そうかもだけど。

「この格好で進んでいっていいかな？　皆、鎧を着てない？」

「上位ランカーでも軽装の方はいらっしゃいますよ。鎧は軽いものもありますけど、動きが制限されるのは確かですし」

そういえば、三枝さんも軽装だったな。

「ふーん」

「まあ、もうちょっとやってみて考えたらどうですか？　今、先輩が行っているエリアはそのコートとインナースーツで十分だと思いますよ」

「そうするかなー……鎧の方がかっこよくない？」

「はぁ？　ですかね？」

カエデちゃん、俺のファッションに興味ないな……

「もうちょっと興味を持とうよ」

「フロンティアに行くんでしょ？　フロンティアに冒険に行くのにファッションはどうでもいいです。それよりも機能性を重視してください。ファッションを気にしすぎて事故とか嫌ですよ」

ごもっとも。アホがやることだ。

「わかった。もうちょっとやってから考えるわ」

「そうしてください。先輩は自信があるんでしょうし、実際に強いんでしょうが、ここで待つ方は心配なんです。そういうことは気にせずに無事に帰ってくることだけを考えてください」

確かに逆の立場なら心配になるな。おしゃれを重視する子なんて不安でしかない。ナナポン、お前のことだよ。

「はーい」

「よろしい。はい、ステータスカードと刀です」

　カエデちゃんは頷くと、俺のステータスカードと刀を受付に置いた。

　ステータスカードを手に取り、見てみる。

名前　沖田ハジメ
レベル７
ジョブ　剣士
スキル
　剣術レベル６
　話術レベル１
☆錬金術

　やっぱり連動しているか……レベルが７になってるし、話術のスキルもある。名前以外は本当に一緒だ。

「ところでさ、ジョブって変わるん？」

「変わることもありますよ。例えば、魔法使いのナナカちゃんが剣を使って剣術のスキルを覚えれば変わると思います」

ナナポンは火魔法のスキルレベルが２だから剣術のスキルレベルが２以上になれば剣士になるのかな？　それとも魔法剣士だろうか？

「これって意味あるの？」

「適性と言われています。剣士なら剣術のスキルが上がりやすいとかなんとか……詳細は調査中ですね」

まあ、これは気にしなくてもいいや。俺は剣しか使えないし、剣士で良いだろう。

「なるほどね。じゃあ、行ってくるわ」

ステータスカードをカバンにしまうと、刀を持つ。

「いってらっしゃーい」

カエデちゃんに見送られ、ゲートに向かう。そして、ゲートをくぐり、久しぶりのクーナー遺跡へと向かった。

クーナー遺跡に到着すると、周囲を見渡す。クーナー遺跡はダイアナ鉱山のように暗くなく、明るい。それに人も多い。とはいえ、以前のように人が溢れかえっているような感じでもなく、ポツリポツリといる程度だ。朝早くということもあるのだろうが、おそらく、自衛隊の注意喚起により、他の冒険者が自重したのだと思われる。その証拠にここにいるほとんどの冒険者がジャージや運動着などの初心者っぽい格好をしていた。ただ、一部だけ、明らかに初心者ではない者もいる。

その人は軽装ではあるものの初心者ではない。何故なら、Ａランクだから。Ａランクの中で一番推している三枝さんである。まあ、多分、ほとんどの男が推していると思う。三枝さんは仲間と思わしき、三人の女子と会話をしており、俺には気付いていない。俺はアイテム袋のことを話そうと思い、三枝さんのもとに向かった。すると、横から気配がした。それも若干、殺気を帯びている。刀を持っている逆の手を少し開き、いつでも刀を抜けるようにしながら横を見る。そこには長い黒髪の女性が俺を睨みながらやってきていた。

誰？

足を止め、その女の人を思い出そうとするが、思い出せない。というか、知り合いではないだろう。そもそも、俺はそんなに女性と縁のある人生ではなかったのだ。

その女の人が俺の前で足を止めた。

「私達に何の用だ？」

女の人が睨みながら尋ねてくる。おそらく、三枝さんの仲間だろう。

「三枝さんに話がありまして」

「そういうのはダメだ。通達があった直後に声をかけてくるとは良い度胸だな。それともバカか？」

あ、完全にナンパと思われている。まあ、そうか……刀を持った男が三枝さんに近づく……よく考えたらこの状況って昨日の冒険者共と変わんねーわ。失敗だったな。

「あー、そういうのじゃないですけどね。あの人とは知り合いなんです」

一回会っただけだけど、連絡先を交換するくらいだから知り合いで良いだろう。

「そういうのは耳にタコができるほど聞いた」

ホント、民度が悪い冒険者が多いなー。まあ、この人達からしたら俺も同類かね？　ダメだこりゃ。あとで電話しよう。

「わかりました。でしたら伝言をお願いします。以前、話したアイテム袋のこと――」

「あ、沖田君！」

伝言を頼もうと思ったら三枝さんが俺に気付いた。三枝さんは小走りで俺と黒髪女のもとにやってくる。なお、ちょっと揺れている。ホント、すごいね。

「おはようございます」

立派な大人なのでちゃんと挨拶をする。

「ああ、おはよう。すまん、リン。知り合いだ」

三枝さんがそう言って、黒髪女の肩を叩く。

「そうか……すみませんでした」

リンと呼ばれた女が素直に謝ってきた。

「いえ、どう考えても俺が悪いのでいいです」

あなたと同じ立場だったエレノアさんは昨日、迷わず、剣を抜きました！

「それで沖田君、何か用かい？」

三枝さんが聞いてくる。

「あ、そうでした。あの、以前、エレノアさんのことを話してたじゃないですか？」

「ああ、そうだったね。見かけたのかい？」

鏡を見れば、見かけるね。

「いいえ、そうではないんですけど、アイテム袋を売る件です。百キロのやつなら個人的に売ってもいいそうです」

「百キロを？」

「ええ」

「それはエレノア・オーシャンから直接聞いたのか？」

うーん、直接聞いたはやめておくか。俺とエレノアさんが鉢合わせすることってないわけだし。

「いいえ、実は俺の大学の後輩が池袋のギルドで受付嬢をやってましてね。その子が主にエレノアさんを担当しているので伝言をお願いしたわけです」

「へー……誰だろ？」

三枝さんは思い出そうとしているのか、顎に手を持っていき、悩む。

「カエデちゃん……朝倉さんですね」

「あー、あの子か。サツキ姉さんのパーティーメンバーだった子だね。知ってる、知ってる」

まあ、この人は元々、池袋ギルドに所属していたわけだし、カエデちゃんも知ってるか。

「その子です。カエデちゃんに伝言を頼んだらそう返ってきたわけです。あのー、連絡先を教えてもいいですかね？　勝手に教えるのはどうかと思ったんで」

「ああ、そういうことか……教えてくれて構わない。ちなみに、百キロっていくらくらいかな？」

「さあ？　オークションで五千万円くらいでしたよね？　そのくらいでは？」

ちなみに、手数料を考えて四千五百万円で売ろうかと思っている。

「うーん、交渉だな。四千万か、四千五百万くらいかなぁ……」

よし、四千五百万円にしよう！

「Aランクはすごいですね」

「まあ、このくらいはなー……」

スケルトンをいくら狩っても、そのレベルには行かないだろうなー……さっさとDランクになって、次のステップに行こう。

「ところで、三枝さんは何故、クーナー遺跡に？　エレノアさん探しです？」

「いや、今日は新人の指導。ほら」

三枝さんがそう言って見た先には先ほど、三枝さんと話をしていた女子三人がいる。確かに若そうだし、装備的に見ても新人だろう。

「そんなこともするんですね」

「まあね。さすがに同じギルドに所属している同性だし、気になるさ」

女子だもんなー。

「なるほどー」

「君も一緒に受けるかい？」

意外なお誘いが来た。まーた、逆ナンだよ！　この人、俺に気があるんじゃない？　まあ、ないだろうね……

「いえ、いいです。邪魔になるでしょうし、俺は一人でやりますよ」

「そうかい？　あー……一つ聞いてもいいかい？」

「何でしょう？」

「君、カエデと付き合ってる？」

調べたか？

「そんなようなものです。一緒に住んでますし」

「ん？　ん？　そんなようなもの？」

三枝さんはよくわかってないようで頭に、はてなマークが浮かんでそうな表情をする。

「ですね。そんなようなものです」

「うーん……まあ、よそ様にどうこう言うのは野暮か……」

「それをあなたの従姉に言ってくださいよ。カエデちゃんと飲みに行ったらついてきましたよ」

しかも、ビール飲んですぐに帰った。

「あの人はそういう人だ。人間が小さいんだな、うん……あと、金に汚い」

従姉のサツキさんと同じことを言ってるし……

似てるなーと思いながらも、その場で三枝さんと別れ、一人寂しく冒険をすることにした。

◆◇◆

「なあ、ヨシノ、あれが例の男か？」

リンが立ち去っていく沖田君の後ろ姿を見ながら聞いてくる。

「そうだ。どう思う？」

「変なところはなかったと思う。やたら視線が下に行く子だと思うけどね」

それは私も思った。沖田君、相変わらず私の胸ばっかり見てくる。

「一応、言っておくけど、あれ、私達と同い年だよ」

「へー、ルーキーなんだろ？　遅くに始めたんだな……」

私達と同い年ということは二十六歳だ。冒険者を始めるには遅い。

「そうみたい。ねえ、リンは沖田君に勝てる？」

「わからない。でも、剣では無理。まったく実力がつかめなかったし、いつでも斬ってきていいよって言われてるのかと思った」

リンは幼なじみで一緒に父から剣術を習った同門だ。実力はある。

「物腰は柔らかいけど、やけに好戦的なんだよね。私と最初に会った時もそうだった」

「良いことだけどね。フロンティア内で他人を信用するのはバカのすることだし」

新人はそのあたりがわからないから簡単に騙されたりする。フロンティアには自衛隊の警備がいるものの、基本的には危険なのだ。

「やっぱり沖田君がエレノア・オーシャンはないかな……テレビで見た感じと大きく違う」

「いや、そもそも性別が違うじゃん。その説、無理ない？」

「最近の特殊メイクはすごいらしいし、それかなーと思ったんだけど、さすがにないか……」

いくら顔は誤魔化せても身長は誤魔化せない。テレビで見た限りでもエレノア・オーシャンの身長は沖田君ほど高くない。

「まあ、でも、声をかけたのは正解だったようだね。コンタクトが取れそうじゃん」

「カエデ繋がりか……」

沖田君とカエデが同棲していることは調べていた。それに大学も一緒で仲が良かったのも調べた。

ギルドで偶然再会し、付き合いだした……別に変じゃない。

「付き合ってないってのはよくわかんないけどな」

私もわからない。男女の仲ではないのか？　いや、それはないか……

「まあね。とにかく、沖田君の周囲の調査はもういいや。カエデが関わっているし、これ以上はマズい」

ギルド職員に変なことをすると、資格はく奪もありえる。それはAランクだろうが、関係ない。ギルド職員の安全は世界で決められたことなのだ。

「じゃあ、黄金の魔女からのコンタクトを待つか？」

「そうね。まずはギルド本部との関係回復が第一」

国会議員の進藤先生とウチの野中のせいでレベル２の回復ポーションの契約がおしゃかになった。

「私達が本部と繋がっていることを話す気？」

「どっちみち、知ってるでしょ。向こうにはサツキ姉さんがいるしね」

というか、私が池袋ギルドから移籍した理由は当時、新宿ギルドの支部長だった現本部長にヘッドハンティングされたからだ。あの人が次の本部長になるって言われ、お金の匂いがしたから移籍した。おかげでサツキ姉さんに恨まれたけど。

「じゃあ、魔女のスカウトは無理って感じ？」

「無理。そこは本部長も納得している。だったらどうにかして繋がりを持つしかない」

「それでアイテム袋を買うわけか」

「まあ、それは単純に欲しいから」

アイテム袋はいくらあっても困らないし、百キロならパーティーで共有できる。

「交渉を頑張ってね。相手はあの黄金の魔女だし。騙されて黄金に変えられないように」

怖いことを言うなー……

「ねえ、ウチのパーティーに男を入れてもいい？」

ウチのパーティーは女子しかいない。

「は？　沖田君か？　なんでまた？」

「情報を知ってそうだし、カエデを引き込めるかもしれない」

「いや、私はいいけど、沖田君が頷くか？　少なくとも、絶対にサツキさんが止めると思うぞ」

そうかもしれない……沖田君が強いのはサツキさんも知ってるだろうし、止めるだろう。

「無理かなー？」

「あんたが色仕掛けしたらコロッと転がるんじゃね？　気になっていたようだし」

リンがじーっと私の胸部を見てくる。

「嫌だよ。私はそんな安い女じゃない」

「雑誌で写真とか撮ってたじゃん」

「普通のやつね」

水着とかはしていない。そこまでの自信はない。

……本音を言うならば、もう一桁上のギャラを払ってくれたらオッケーだった。

「じゃあ、普通に誘うか？　どっちみち、同じことじゃん。彼女持ちを誘い、一緒に冒険する。

そして、次第に仲良くなり、浮気」

「君、そういうのが好きだよね……」

昔から昼ドラっぽいのが好きな子だった。

「まあ、ヨシノの好きにすればいいけど、あまりサツキさんを怒らせるなよ」

「わかってる。リン、あの子達を任せていい？」

新人の三人の子を見る。

「せめて、午前中は付き合え。Aランクに見てもらえるって喜んでいるんだぞ。悲しむでしょ」

確かに……

「じゃあ、午後からはお願い」

「はいよ。じゃあ、そろそろ私達も始めよう。まーた、沖田君みたいなナンパが来るかもしれない」

「沖田君はナンパじゃないけどね」

私とリンは新人指導を始めることにした。

◆◇◆

俺は三枝さんと別れたのでスケルトン狩りを始めた。スケルトンはハイドスケルトンと強さは変わらないし、正直、やることは変わらないが、明るいところで見える敵を斬れるのはよかった。

だが、ナナポンがいないのでしゃべる相手がいない。

「やっぱり女子軍団に混ぜてもらえばよかったかなー……」

でも、ちょっと怖いんだよな。三枝さんもだし、さっきのリンとかいう黒髪女も強そうだった。多分、三枝さんのパーティーメンバーだろうし、高ランクだろう。

「まあ、いいや」

そんなことよりもフワフワ草を探そう。

まずはさっき調べた形の草を探すことにし、地面を見ながら草を探す。すると、割かし早めにさっき画像で見た草を見つけた。カバンから鑑定メガネを取り出し、メガネをかけて草を見てみる。

【エノコログサ】

うん、知ってる。ねこじゃらしだ。フロンティアにもあるんだね。

「めんどくさー……」

再び、フワフワ草を探していく。途中、遭遇したスケルトンを狩ったりしたものの、中々、見つからない。

「あ、沖田君」

後ろから声が聞こえたので振り向くと、またもや三枝さん一行と遭遇した。

「あ、どうも」

「君、下を見て、何をしてるんだい？　危ないよ」

モンスターが出るフロンティアでは警戒もせずに下を見てたら危ないに決まっている。だが、俺は周りの気配を察知できるので問題ない。

「フワフワ草を探しているんです」

「フワフワ草？　何それ？」

え？　三枝さん、知らないの？

「ヨシノあんた、知らないの？　ふわふわした草だよ。触り心地が抜群」

どうやらリンさんは知っているらしい。

「へー」

三枝さんはちょっと興味がありそうだ。

「あのー、どこに生えてるか知りませんか？　ネットで見て、一度、触ってみようかと思っていまして」

詳しそうなリンさんに聞く。

「わかる、わかる。気になるよね。フワフワ草は建物の裏とかの日が当たらないところに生えてるよ」

おー！　さすがはリンさん！

「ありがとうございます」

大人なのでお礼を言う。

「いや、別にいいんだけど、売れないよ？」

「触りたかっただけなんで。これが終わったらスケルトン狩りです」

「ふーん……一人で？　危ないよ？」

「ただの骨じゃないですか」

しかも、トロい。

「まあ、そうなんだけどね。一応、気を付けて。ルーキーは無茶しやすいから」

気にかけてくれていたらしい。この人、良い人だったのか……

「ありがとうございます」

「うん。じゃあね。ほら、私らも行こう」

「え？　私もフワフワ草……」

「んなもん、その辺に生えてるわよ。今は仕事！」

リンさんはフワフワ草に興味を持った三枝さんを促し、新人三人を連れて、どこぞに行ってしまった。

「よし！　良い情報を聞けたな！」

今度は建物の裏を重点的にフワフワ草の捜索を始める。すると、すぐに建物の裏に生えているねこじゃらしらしき草を見つけた。早速、鑑定メガネをかけ、調べてみる。

【フワフワ草】

「おー！　あった！」

さすがはリンさんだ！　すげー！　いや、まったく知らない人だけどね。苗字すら知らない。

まず、フワフワ草を触ってみることにした。

「すっげー。マジでふわふわだ」

ねこじゃらしもふわふわだと思うが、その比ではないくらいにふわふわである。正直、癖になりそうだ。

「しかし、これで防御力アップは解せんな」

逆じゃね？　防御力が下がりそうなんだが……まあ、試してみるか。

周囲を見渡して誰もいないことを確認し、カバンの中から用意しておいたペットボトルの純水を取り出した。そして、採取したフワフワ草をペットボトルに入れ、念じる。すると、ペットボトルが光り出し、緑色の液体が入ったペットフラスコに変わった。

「緑……」

ちょっと嫌な色だが、メロンソーダと思えば、気にもならない。ペットフラスコを開け、作った強化ポーション（防）を飲んでみる。味は他のポーションと同じで無味無臭だったため、そのまま一気に飲んだ。

「うーん、防御力が上がったのかな？　というか、防御力ってなんだ？」

力と速さはなんとなくわかるが、防御力って何だろ？　硬くなったのかな？　どれ……

「んー？」

自分の腕をつねってみたが、普通だ。

「うーん、攻撃されないと発動しないのかな？　でもなー……」

お試しでスケルトンに斬られるのはごめんだ。下手をすると死ぬ。

「帰ったらカエデちゃんに殴ってもらおう」

カエデちゃんに殴ってもらうことに決め、フワフワ草の採取を開始した。

変なプレイじゃないぞ！

その後もフワフワ草を採取し、とりあえず、三十個ほどの強化ポーション（防）を作ると、レベル&ランク上げのためにスケルトンを狩ることにした。そして、スケルトン狩りを続け、昼前には昼食を食べるために、ぼろい建物の前に腰かけた。

「つまんねー……」

今日は沖田君だからエレノアさんのように人に囲まれることはない。それは良いことだし、気楽にやれるのだが、如何せん、一人がつまらない。ましてや、相手はスケルトンのみ。ハイドスケルトンと合わせて、もう何体倒したかもわからない。

「まさかナナポンが恋しくなるとは……」

暗い鉱山の中で見えないスケルトンを狩るのは大変だ。でも、明るい場所で見える敵を倒していたとしても一人では飽きる。ナナポンとペチャクチャしゃべりながらの冒険の方がいい。しかも、スケルトンの剣は五千円なため、モチベーションも上がらない。もっと言えば、レベルも上がらない。結論、つまらない。

「五千円をしょぼいと思うくらいになったんだなー」

スケルトンみたいな雑魚で五千円を稼げる。十体で五万円、五十体も倒せば社会人時代の給料だ。マジでぼろ儲けである。だが、それをレベル上げの副産物と思えるくらいに稼いでいるのだ。もうちょっと早く冒険者を始めれば良かったと思いながらランチボックスを取り出し、開けてみる。中身は昨日食べたピザが数枚入っており、その上には折りたたまれた紙が入っていたので開けて読んでみる。

【お仕事、頑張ってくださーい♡】

これが可愛らしい文字で書かれていた。

愛妻弁当ってすごいなーと思いながら冷たくなったピザを食べる。

「ナナポンがいれば、温めることができたな」

火魔法で炙ればいい。今度、やってみようかな？

名案を思いついたと思いながらピザをもぐもぐと食べた。

ピザを食べ終え、スケルトン狩りを再開しようと思って立ち上がると、前方から三枝さんが一人でこちらに向かって歩いているのが見える。

一人……か？

三枝さんはどう見ても一人だ。リンさんや他の新人三人も見えない。どうしたんだろうと思いながら、その場で三枝さんを待った。

「やあ、昼食は食べたかい？」

三枝さんは陽気に声をかけてくる。

「ええ、先ほど食べましたね。一人ですか？　リンさんや新人は？」

「リンに新人指導を任せてきた。沖田君、ちょっといいかい？」

「いいですよ。何でしょう？」

デートの誘いだったらどうしよう？

「ウチに来ない？」

ん？　ウチ？　家？　マジ？

「いきなりですね……」

「そうかい？　まあ、いきなりかもね」

「ちなみに、一人暮らしです？」

「……ウチって家じゃないよ。カエデにメールしようか？」

げっ！　この人、カエデちゃんの連絡先を知ってんのか⁉

「冗談ですよ。ウチってパーティーのことですよね？」

まあ、わかってはいた。でも、ちょっと期待くらいはしてもいいじゃないか。

「そうだね。どう？」

「三枝さんのパーティーって女性しかいなかったりしません？」

「そうだね。実を言うと、私のパーティーって、サツキ姉さんのパーティーだった人達なんだよ」

「サツキさん？　じゃあ、カエデちゃんもいたんです？」

そんなことは聞いていないんだが……

「サツキ姉さんから聞いてないのかい？」

「特には……カエデちゃんからサツキさんが引退した時に一緒に辞めて、ギルドに就職したことは聞いていますけど」

　鑑定持ちだったからギルドに就職できたと言っていた。

「カエデは鑑定持ちだったし、戦闘タイプじゃなかったからね。サツキ姉さんと一緒に引退したんだよ。でも、別の人は現役続行を選択した。それで当時、リンとコンビだった私がサツキ姉さんに頼まれてパーティーを引き継いだんだよ」

　えー……

「……それなのに池袋から移籍したんです？」

パーティー丸ごと？

「だね……だからサツキ姉さんがキレた。おかげで顔を合わせられなくなっちゃった」

そりゃそうだろ。

「移籍の理由はお金？」

「そうだね」

そら、金の亡者って呼ばれるわ。

「サツキさんのパーティーメンバーだった人は何も言わなかったです？」

「揉めたね。義理を通そうと言う人もいた」

「説得したんですか？」

「前に君も言っていたが、冒険者は長くやれる仕事じゃない。稼げるうちに稼がないといけない……私は今の本部長にヘッドハンティングされてねー。結構なお金をもらっているんだ」

本部長の子飼いなことを自分から言うか……いや、パーティーに誘っているんだから言うわな。

「それで皆さん、納得されたんですね」

「中にはサツキ姉さんに土下座した子もいるけどね。それでサツキ姉さんが折れた」

ひっでー話。

「ふーん、おかげで池袋ギルドは静かですよ」

俺的にはそっちの方が嬉しいけどね。

「いや、それは私達は関係ない。元からそうだった。サツキ姉さんの前のギルマスが冒険者の取り分を中抜きしててねー。それであそこの信用がなくなった」

そら、あかんわ。別にどこからでもフロンティアに行けるんだからギルドはどこでもいい。だったら信用できるところに行くわ。俺もそれを知っていたら池袋ギルドには行かなかったな。

「なるほどねー。全然、知らなかった」

「カエデやサツキ姉さんに聞いてると思ったんだけどね」

「聞いてませんねー。まあ、言いにくいんでしょうよ」

それを聞いたら俺が移籍するかもしれないし。まあ、カエデちゃんがいるし、エレノアさんのことがあるから絶対に移籍しないけど。

「かもね。それでどう？　ウチに来ない？」

「あなた、またサツキさんにケンカを売るんです？　俺はまだEランクですけど、引き抜きは怒るんじゃないですか？」

「いや、さすがにそれはしない。別に所属が違ってもパーティーは組めるよ。どこからゲートをくぐっても同じところに行けるんだからね。中には北海道と九州で組んでいる人もいるらしいよ」

言われてみれば、そうだな。遠距離恋愛に便利だわ。フロンティアデートになるけど。

「ふーん……」

どうしようかねー？　この人のパーティーに入れば、午前中みたいに暇になることはないだろう。でも、エレノアさんのことがあるし、一応、ナナポンと組んでいる。うん、ないな。

「すみませんが、やっぱりソロがいいですわ。実を言うと、前職を人間関係で辞めましてね。一人が良いんです」

クビだけどね！　うっ……心が痛い。あとでカエデちゃんに癒してもらおう。

「そうか……それは辛かったね」

やめろ！　同情するな！　惚れちゃうだろ！　埋めたくなるだろ！

「そういうわけですみませんが、断ります。せっかくAランクの方に誘ってもらったのに断るのは失礼ですが……」

三枝さんのパーティーに入りたい冒険者は大勢いるだろう。そいつらから石を投げられそうだわ。

「うーん、じゃあさ、臨時でもいいから時々、一緒にやらない？」

しつこいな、この人……マジでモテ期かもしれん。

「なんでそこまで俺にこだわるんです？　Eランクですよ」

「ランクは関係ないよ。誰だって最初はFランクから始まる。君は強い」

知ってる！

「そんなことないですよー」

謙遜、謙遜。

「君、私に勝てると思ってるでしょ？」

あたりめーだろ。舐めんな。

「そんなことないですよー」

そう言った瞬間、三枝さんから殺気が漏れ、右手が動いたのですぐに手を伸ばし、三枝さんの手が腰の剣に届く前に剣の柄を押さえる。

「——え？　キャッ！」

三枝さんがかわいい声を出した。何故なら、俺が足で彼女の足を払ったからだ。そして、それと同時に押さえていた三枝さんの剣を抜き、倒れた三枝さんに向ける。これで彼女は尻餅をついたうえに武器を失くし、一方的に俺が優位になった。

「すごいね。やるかい？」

どっちの意味だろ？　殺す？　犯す？

「あなた、Aランクでしょ。ここから逆転できそうです」

そう言って、剣を下ろし、三枝さんに手を伸ばす。

「まあ、そうだね。スキルが色々あるからね」

三枝さんはそう答えながら俺の手を握り、立ち上がった。

「ちなみにですけど、どんなのがあるんです？」

お尻をパッパッと払っている三枝さんに剣を返しながら聞く。

「手のうちを晒す気はないけど、まあ、私は魔法も使える」

きったね。ずるい、ずるい！

「へー……いいなー」

「ただの器用貧乏だよ。サツキさんに剣術で勝てなかった」

サツキさんの剣術のレベルが5だし、４ってところかな？　ふっ、勝った。

「魔法ってどうやって覚えるんです？」

「その辺を教えてあげるから一緒にやろうよ」

うーん、手強い。この辺も従姉と似てる。

「あのー、本当になんでそんなにこだわるんです？　俺はそこそこ強いかもしれませんが、あなたはAランクでしょ。さっきのリンさんだって強かったし、他のメンバーだってサツキさんのパーティーメンバーだったのなら十分に強いでしょ。俺が必要には思えません」

正直に話せや。

「ここは正直に言った方がいいね。理由は二つある。一つは君も勘付いていると思うが、例の黄金の魔女だ」

だろうね。

「それはわかります。ですが、俺は会ったこともないですよ？」

「それは嘘だ。君の話しぶりはどう考えても知り合いのそれだった」

いや、まあ、自分ですからね……

「カエデちゃん経由ですよ」

「まあ、それでもいいよ。とにかく、あの魔女と繋がりが欲しい」

アイテム袋を売ってあげるって言ってんじゃん。

「勧誘です？」

「いや、それは無理だとわかっている。それにサツキ姉さんが絶対に手放さない」

　金の亡者だもんね。

「ふーん……じゃあ、なんでです？」

「これはオフレコで頼みたいんだが、ギルド本部とエレノア・オーシャンの間である取引が行われる予定だったんだよ。でも、邪魔が入ってしまってね、おしゃかになってしまった。本部長は何とか関係回復を図りたいんだ」

　あー……あれね。でも、クレアとの取引が終わったら普通に本部長に売る気なんだけどな。

「なるほどー。それで藁にもすがる思いなんですね」

　俺は藁だった。

「まあ、そんなところかな……池袋ギルドでは他に知り合いがいないんだよ。あそこって今も昔も初心者ばっかりだし」

「ふーん、もう一つは？」

「……ものすごく個人的な話だが、サツキ姉さんと仲直りがしたいんだ。というか、許してほしいんだよね」

　そういえば、サツキさんが三枝さんは自分に懐いてたって言ってたなー。

「簡単ですよ。池袋ギルドに戻ればいい」

「移籍は無理。私は本部長とどっぷりだから」

　愛人みたいなことを言うな……

「そんなに深いんですか？」

「表に出せない金の流れまで関わっている」

　そら、ダメだわ。きったない大人だなー。

「なるほどー」

「勝手に出ていって何を言ってんだと思うが、私にとっては姉も同然なんだ」

　本当に慕ってるんだなー。

「それでですか……」

「まあ、これは仕事でなく私情だね。とにかく、そういうこともあって一緒にやらないって誘ってる。色々と教えてあげるからさ」

　どうしようかねー？

　サツキさんに相談してみるか。

「ちょっと考えてもいいですか？」

「いいよ。あと、別にそこまで重く考えなくてもいい。時間が合えば、一緒に行こうって言ってるだけだし、そっちの都合を優先していい」

「三枝さんって普段はどこで活動してるんです？」

「特に決まってないよ。依頼があれば、そこに行くし、気分だね」

　ガチ勢じゃないっぽいな。

「俺はＥランクだし、キツいところには行きませんよ？」

「わかってるよ。ねえ、午後から暇？　とりあえず、二人でやってみようよ」

「ここでですか？　スケルトンしか出ないし、何体出ようが連携もクソもないですよ」

「まあまあ、一人は退屈でしょ。話し相手になってあげるから」

　確かに退屈とは思ってたな……とりあえず、今日はおっぱいさんと組むか。

「じゃあ、やりましょう。どうせスケルトンを狩るだけですし」

「君、レベルいくつ？」

　レベルくらいなら言ってもいいか……

「７ですね」

「初心者だねー。もっとレベルの高いところに行ったらすぐに上がるよ」

　わかってはいるんだけど、金は別の方法で稼げるから無理をする気がないんだよなー。ナナポンもいるし。

「とりあえず、スケルトンを百体ほど狩れって言われてます。そうしたらＤランクにしてくれるそうなんで」

「へー……カエデ？　サツキ姉さん？」

「かわいい方です」

「かわいい？　じゃあ、カエデか……」

　サツキ姉さんにチクっとこ！

「では、行きましょうか」

「あのさ、その前に敬語やめない？　同い年でしょ」

それもそうだな。

「確かにそうだわ。社会人の癖かな？」

「いや、まあ、それが普通なんだけどね。あとさ、私も下の名前で呼んでよ。なんで私だけ三枝さんなの？　カエデはともかく、サツキ姉さんもリンも下の名前で呼ぶのに」

リンさんは苗字を聞いてねーんだよ。いや、もしかして、あの人って有名人なのだろうか？

知ってて当たり前な人？　帰ったら調べてみるか……

「よし！　ついてこい、ヨシノ！」

「あれー？　距離感が一気に縮んだけど、下に見られてる気がする」

うるせー。剣術レベル４は黙っとけ。

「いいから行くぞ。俺は四時には帰るから」

予定は五時だったけど、サツキさんに相談しないといけない。

「まあいいや。じゃあ、行こうか……あ、ちなみに、フワフワ草は見つかったかい？」

「あった、あった。めっちゃふわふわしてたわ」

あれは癖になる。

「私もあの後に見つけたんだけど、すごかったね」

「結局、探したん？」

「新人の子達が食いついたんだよ」

なるほど。確かに気にはなるだろう。

「ふむふむ、カエデちゃんに持って帰ってあげようかな？」

「草をかい？　花にしなよ」

花はちょっと恥ずかしいな……家でなら渡せるけど、ギルドの受付はちょっと……完全にバカップルになってしまう。

「まあいいや。行こう」

「ん」

俺とヨシノさんはスケルトンを探しに歩き出した。少し歩くと、前方に一体のスケルトンが見える。

「ヨシノさん、やる？」

「いや、君に譲るよ。百体だろ？」

「じゃあ、もらうわ」

鞘から刀を抜き、歩き出した。スケルトンの距離が十メートル程度になると、スケルトンも俺に気付き、カタカタと音を鳴らしながらゆっくりと走ってくる。

立ち止まって剣を構え、スケルトンが間合いに入ってくるまで待った。そして、スケルトンが間合いに入ったので、踏み込み、スケルトンを肩から斬り下ろす。スケルトンは二つに分かれ、すぐに煙となって消えていった。

「見事だねー」

戦いを終えると、ヨシノさんが声をかけてくる。

「ヨシノさんもこれくらいできるでしょ」

別にAランクとかレベルとかは関係ない。剣術をやっていたら、これくらいできる。ましてや、スケルトンは動きが鈍い。

「まあね」

ヨシノさんが頷いた後にチラッとドロップ品であるスケルトンの剣を見る。

拾うのは……やめた方がいいか。エレノアさんを探っているヨシノさんの前でアイテム袋を使ったらマズいだろう。サツキさんやカエデちゃんに散々、注意されたし。

その後もスケルトンを狩り続け、十体のスケルトンを倒したものの、スケルトンの剣は一本も拾わなかった。だが、ここで問題が一つ生じた。ヨシノさんの手前、疲労回復用のポーションが飲めないのだ。

「ヨシノさんはやらないの？」

十一体目のスケルトンを倒すと、後ろを振り向き、ヨシノさんに聞く。

「ん？　疲れたかい？　代わろうか？」

なんかムカつくな……

「いや、剣術レベル４の実力が見たい」

「レベル４？　……え？　なんで私の剣術レベルがわかるんだ？」

お！　当たった！

「サツキさんが5でしょ？　それ以下なら4じゃん」

「ふーん、サツキ姉さんがよく教えてくれたね？　普通は引退しても言わないんだけど」

「ふっ」

鼻で笑った。

「……君、剣術のレベルはいくつだい？」

何かを察したヨシノさんが聞いてくる。

「6」

「は⁉　6⁉　君、なんで今まで社会人してたの？」

「ほっとけ」

俺だって、もっと早くやっておけばよかったと思ってるわ。

「6って……やりづらくなったなー。じゃあ、まあ、次は私がやるよ」

ヨシノさんがそう言って前に出たので、その隙にカバンから回復ポーションを取り出し、一気飲みした。そして、すぐに空になったペットフラスコをカバンに入れる。

今度からは普通のペットボトルに入れたものも用意した方がいいな……

フラスコは目立つから人前で飲めんわ。

俺達がそのまま歩いていくと、すぐにスケルトンが見えてきた。

「ヨシノ、行け！」

レベル４の実力を見せてみろ！

「君が私のことを呼び捨てにする理由がよくわかったよ……」

ヨシノさんは呆れながらも剣を抜き、構える。この人の剣は俺の刀とは違い、両刃のショートソードだ。

ヨシノさんは接近してきたスケルトンに向かって、踏み込み、スケルトンの剣を持っている腕を斬り落とした。そして、そのまま剣を横に払うと、スケルトンが崩れ落ち、煙となって消える。ヨシノさんの動きはすべてが流れるような動きであり、きれいだった。

「すごいなー。本当にレベル４？　嘘ついてない？」

ドロップ品であるスケルトンの剣を拾うヨシノさんの後ろ姿に声をかける。

「本当だよ……まあ、君とはレベルが違うし、剣の性能も違う。私の剣は億を超える」

億⁉　バカじゃね⁉

さすがはAランクとも言えなくないが、一億円を超える剣は費用対効果的にバカとしか思えん。

「億を超える剣をよく使う気になるなー……折れたらどうするん？」

「一億より自分の命だ。だから皆、高い回復ポーションを買うんだよ」

なるほどー。でも、さすがに一億は手が出ないわ。火が出たりする魔法剣だったら別だけど。

「リンさんもこんな感じ？」

「まあ、そうだね。同門というか幼なじみなんだよ」

ということはサツキさんも知っているわけか。

「上位ランカーって思ったより、強いな……」

もうちょっと弱いかと思っていた。

「君、ものすごく人をバカにするよね？　なんでそんなにイキるの？」

「俺は自分の剣に絶対の自信を持っている。そして、逆を言うと、これしか誇れるものがない。所詮は二十六歳で会社をクビになった男だもん」

しかも、大学は出ているが、一流大学ではないし、資格もない。底辺ではないと信じていたが、中流以上とも言えなかった。

「それでマウントを取ろうとしてるわけか……なんかごめんね」

謝られちゃった……

「カエデちゃんにも言われたし、謙虚に生きようかな……」

「君、やっぱりダメ男だね。カエデにめっちゃ甘やかされてない？」

言われてみれば、ものすごく優しい。一緒に住み始めても至れり尽くせりだし……

「やっぱり病んだことが影響しているのかも……マズいな」

もし、このまま頑張って上位ランカーになったとしても、イキリ新撰組と呼ばれるかもしれない。

「大丈夫？」

ヨシノさんが心配そうに覗き込んできた。

「よし！　ヨシノさん、次に行きましょう！　僕、頑張ります！」

「それ、謙虚のつもり？　まあ、いいけどさ」

俺は自らにイキリ禁止令を出し、謙虚に生きることにした。

その後、文句も言わず、スケルトンを倒し続け、本日の成果が朝昼合わせて三十体のスケルトンになったところで良い時間となったため、お開きとなった。そして、俺達がゲートまで戻ると、大勢の冒険者が集まる中にリンさんがゲート前で待っているのが見えたため、近づいていく。

「リン、あの子達は？」

リンさんの所まで行くと、ヨシノさんがリンさんに聞く。

「先に帰らせた。ありがとうございました、だってさ」

「そっか。まあ、同じギルドなんだし、また会うでしょう。あ、沖田君、今日はありがとうね。また連絡して」

リンさんと話していたヨシノさんが俺の方を見る。

「いえ、こちらこそありがとうございました。おかげで、大事なことに気付かせていただきました」

「それ、やめなよ。ものすごく逆効果だよ」

煽ってるように聞こえるのかな？

「そう？　難しいなー」

「普通にやりなって」

「カエデちゃんに相談してみる。じゃあ、俺はこれで帰るわ。お疲れさまでした」

「はい、お疲れさま」

「お疲れー」

俺はヨシノさんとリンさんに見送られながらゲートをくぐり、ギルドに帰還した。

◆◇◆

「どうだった？」

沖田君がゲートをくぐると、リンが聞いてくる。

「うーん、実力はある。剣術のレベルが6だってさ」

「6⁉　何それ⁉」

リンが驚く。だが、それは当然だ。6なんて聞いたこともない。

「私も同じ感想。やたら人をバカにしてくると思ったら言うだけの実力を持ってた」

「確かに私が近づいた時もそんな感じだったね。余裕たっぷりだったもん。こちとらBランクなのにさ」

「それ、多分、沖田君は知らないね。だって、君のことをずっとリンさんって言ってたし。多分、苗字すら知らない」

間違いないだろう。沖田君はリンのことを知らない。知ってたらリンの実力を聞いてこない。

「ふーん、まあ、遅くのルーキーだし、こっちの業界に興味がなかったんだろうな」

「私のことは最初から知ってたけどね」

「そらな」

リンが私の胸部をじーっと見る。

「今日はやけに見られる日だわ」

「今後も沖田君といればそうなる。で？　どうだった？　勧誘はしたか？」

リンが本題に入ってきた。

「したけど、微妙ね。保留にされた」

「保留？　贅沢な子だな……意図は？」

「わからない。一人が気楽って言ってたけど、やけに絡んできたし、そうは見えなかった」

よくしゃべる子だった。スケルトンを相手にしながらもしゃべっていた。普通の新人なら注意するところだ。

「ふーん、魔女との繋がりは？」

「それも微妙……」

前に会った時はアイテム袋を持っていそうな感じだったが、今日は一切、スケルトンの剣を拾わなかった。本当に持っていないか、警戒したか……

スマホを取り出し、本部長にもらった動画を見てみる。

「ん？　エレノア？　どっかの店にいるようだが……」

リンがスマホを覗き込んで聞いてきた。

「これは本部長にもらった動画だね。エレノア・オーシャンが民間の買取店に現れた時の監視カメラの映像」

　本部長に参考にしろと言われてもらったのだ。

「ふーん……気になることでも？」

「ちょっとね……」

　この動きは……しかし、画質が悪いな。

「あ、逃げた」

　動画ではエレノアが慌ててポーションをしまい、店から出る様子が映っていた。

「他に映像がないかな？」

「ネットに盗撮写真や動画が落ちているとは思うけど、どうだろうね？」

　うーん……やはり直接会った方が良いな。

「何か掴んだのか？」

「まだ微妙だけどね」

「本部長に報告は？」

「まだしない。下手に動いて刺激をしたくない」

「わかった。ひとまずは様子見だな」

　まずはエレノア・オーシャンとの接触と沖田君の信用を買うところからだな……あと、沖田君にはサツキ姉さんとの懸け橋になってもらおう。

　サツキ姉さん、許してくれるかなー……

第三章

Chapter 3

俺はヨシノさんとリンさんと別れ、ギルドに戻ってきた。そして、受付まで戻り、まっすぐカエデちゃんのもとに行く。

「あれ？　先輩、早いですね？」

時刻はまだ四時であり、少し早い。そのため、カエデちゃんが意外そうに聞いてきた。

「ちょっとサツキさんに話がある。サツキさんはいる？」

「いますよ。ちょっと待ってくださいね」

カエデちゃんは立ち上がり、奥に向かって歩いていく。しばらく待っていると、カエデちゃんが戻ってきた。

「先輩、ギルマスが会うって言ってますんで、どうぞ。あ、その間に精算をしておきますよ」

カエデちゃんがそう言って手を伸ばしてきたので刀とカバンとステータスカードを渡す。

「今日は三十体のスケルトンを倒したんだけど、途中から拾えなくなったからちょっと少ないわ」

「拾えなくなった？　何かありましたか？」

うーん、ここで話すことではないな。

「後で話すよ」

「あー、それもそうですね」

カエデちゃんも察したらしい。

「先にサツキさんと話すわ。勝手に行っていい？」

「どうぞ」

カエデちゃんに許可をもらったのでエレノアさんがいつもやっているように受付の端に行き、受付内に入った。そして、そのまま支部長室に行き、扉をノックする。

『入っていいぞー』

部屋の中にいるサツキさんから許可を得たので、部屋に入った。

「よう、お疲れ。まあ、座れや」

サツキさんはソファーで寝ころびながらスマホを弄っていた。

「何してんの？」

対面のソファーに座りながら聞く。

「ソシャゲ。しかし、お前に会うのも久しぶりだな。いつもエレノアだったし」

「俺がここに来るのはナナポンと初めて会った時以来だからなー」

「あの時か……まあいい。で？　何の用だ？　言っておくが、惚気は聞かんぞ。カエデと仲良く出勤してきた沖田君」

ホント、人間がちっちゃいわ。

「なんで知ってんの？」

「朝早くから冒険に行くようなやる気のある冒険者はここにはいない。朝から職員の中で話題になった」

悲しいな、おい。

「早くDランクになりたかったんだよ」

「ふーん、スケルトン百体だっけ？　まあ、頑張れ。あ、そうだ。私もちょっと聞きたいことがあったんだった」

サツキさんはそう言うと、身体を起こし、スマホをテーブルに置いた。

「何？」

「強化ポーションはどんなんだ？」

あー、それか。

「今日、フワフワ草を入手したから防御力が上がるポーションを作った。でも、効果がよくわからないからちょっと色々と試してみるわ。それと、これは売らない方向で行こうと思ってるけど、大丈夫？」

「ああ、カエデから聞いている。私も売らない方がいいと思うから個人で使え。特にナナポンは後衛だから、その防御力が上がるポーションは万が一に備えて有用だろう」

「じゃあ、そうする。また何かわかったら報告するわ」

錬金術師らしく、また色々と実験をしよう。これが意外と楽しい。

「了解。それでお前の用件は何だ？」

「今日、クーナー遺跡でヨシノさんに会ったわ」

本題に入ることにする。

「ヨシノ？　あいつ、まだクーナー遺跡にいるのか？」

「エレノアさん目的じゃなくて、新人の指導だってさ。実際、新人っぽい女の子が三人いた」

「あー、はいはい。あいつはそういうのが好きなんだ。ヨシノだけか？」

道場の子だけあって面倒見がいいのかね？

「いや、リンさんもいた」

「リン？　ふーん、ヨシノといい、リンといい、下の名前で呼ぶくらいには仲良くなったのか？」

「まあ、そこそこに……でも、リンさんはまず、苗字を知らない」

「ったく……自己紹介くらいしろよ。リンは清水だ」

清水リンさんね。覚えた。

「それでさー、ヨシノさんにパーティーに誘われたわ」

「パーティー？　お前が？　エレノアではなく？」

まあ、意外に思うだろう。

「うん、俺」

「ふーん、どうするんだ？　入るのか？」

「どうした方がいいかなって相談しにきた」

「別に移籍するわけじゃないんだろ？」

「カエデちゃんがいるからしない。それにステータスカードのことがあるから移籍できないって話になったじゃん」

　ヨシノさんがユニークスキル持ちかはわからないが、もし、俺のステータスカードを見られ、錬金術のスキルが見つかるとマズい。おそらくだが、ヨシノさんは他の冒険者のステータスカードを見れるくらいの地位にいると思う。

「だったら好きにしろ。別に反対はせん。でも、ナナポンのことがあるぞ」

「俺も最初はそこがあるから断ったんだよ。そしたら正式なパーティーじゃなくてもいいし、時々、一緒に冒険に行く程度でいいってさ」

「狙いはエレノアか？」

　まあ、誰でもそう思うだろう。

「だと思う。繋がりが欲しいんだって。本部長はこの前の回復ポーションの取引のことを相当、悔やんでるっぽい」

「ふーん」

「まあ、ギルド職員と同棲している俺から情報を掴みたいんだと思う」

「そうかもな。でも、お前、クレアとの取引が終わったら本部長に売るんだろ？」

「そのつもり」

　早く取引をしたいが、クレアはアメリカに帰ってしまっている。今は待ちなのだ。

「うーん、お前はどうしたい？　ヨシノと組みたいか？」

「今日、一人でスケルトンを狩ってたけど、マジでつまんないのな。雑魚だし、流れ作業だもん。ナナポンが恋しくなったわ」

「それはわかる。ただの骨だしな。これを生活のためにやる奴もいるが、お前にとったらはした金だもんな」

　五千円をはした金と言いたくはないが、まあ、そうだ。普通にポーションを売った方がいい。

「だから一緒にやるのは良いかもと思っている。どちらにせよ、エレノアさんの姿でナナポンとやることがメインだけど、あいつ、大学があるじゃん」

「まあなー。私も大学を辞めろとは言えん。カンニングだから勉学方面の意味はないかもしれんが、大学で遊ぶことも重要だからな」

　わかる、わかる。それがあったから今の俺があるし、カエデちゃんがいるのだ。

「それでどうしよう？　ヨシノさんが色々と教えてくれるって言ってるし、組むのもありかなと思う。でも、逆に向こうはエレノアさんを探っているわけだから関わらない方がいいとも思える」

「うーん、まあ、お前の好きにしろよ。確かに一人で冒険はキツいだろ。ギルマスとしてもソロを推奨できない。いくらお前が強かろうと、一人では限界がある。極論を言えば、お前がソロ活動中に事故や病気で倒れたら、それで終わりだ」

　誰も助けてくれず、スケルトンに殺されるわけか。

「ヨシノさんでいいん？　バレたらどうするよ？」

「バレてもあいつならどうとでもなる。一応、従妹だし、金でいくらでも買収できる奴だ。札束をチラつかせたら黙ってくれる。じゃなきゃ、私を裏切って移籍せん」

　こら相当、根に持ってそうだな。

「うーん、ちょっとカエデちゃんと相談してみるわ。それよかさ、サツキさんって、そんなにヨシノさんを恨んでるの？」

　一応、聞いておこう。ヨシノさんはサツキさんと仲直りしたいって言ってたし。

「恨む？　別に恨んではいないぞ」

「そうなん？　元パーティーごと移籍されたんじゃないの？」

「ああ、ヨシノから聞いたのか。確かにそれでウチの売り上げは下がった。それでどうしようかと悩んだこともある。だがな、そんなことは些細なことだ。私達は今、億の金を動かしているんだぞ。あいつらの儲けなんか、アイテム袋一つでひっくり返るわ」

　金の亡者はエレノアさんというヨシノさん以上の金脈を手に入れたんだな。やっぱりこいつも金しか頭にないようだ。

「じゃあ、気にしてないん？」

「そもそも、あいつは昔からあんなんだ。父親が腰をやって引退するって言ってんのに、自分の金のために車いすに乗ってでもやれって言い放った女だぞ。まあ、気にすると言ったらあいつが本部長の手先だからっていうくらいだわ」

「ふーん」

ヨシノさんが深刻そうに言うからどんなもんかと思ったが、そこまで深刻ではなさそうだな。というか、ヨシノさんってひでー。親父さんが可哀想だわ。人当たりはいいくせにマジで金の亡者だな。

「そうか……逆に言うと、お前にスパイをさせることもできるわけだ。ヨシノから探れよ。探ってくる相手っていうのは逆にぼろを出すもんだからな」

「うーん……」

確かに効果的かも……今日だって、アイテム袋の購入予定額を聞けた。レベル2の回復ポーションの購入予定額も聞けるかもしれん。

「悪くないかもー」

「まあ、好きにしろ」

「本当にいいん？　要はヨシノさんって本部長に寝返ったわけでしょ」

「だからどうした？　ヨシノは私にとって身内だぞ。付き合いも長いし、金さえ積めばこちらにつく。それで本部の情報を得ることができるんだから私的には買収して、こちらに引き込んだ方が良いと思っている。それで本部や政府に出方を探れるし、動きやすくなる」

ヨシノさんは金の亡者で身内より金って感じだが、サツキさんを慕っているのは確かだしな。金さえ積めばこちらにつくか……

「なるほどねー」

「お前が決めろ。でも、カエデに相談するのはいいと思うぞ」

「やっぱり？」

カエデちゃんは賢いもんな。

「ああ、お前がヨシノの巨乳に惑わされないように注意してくれるだろう」

あれはしゃーないよ。絶対に魔法がかかってるもん。今日、何度も吸い込まれそうになったわ。早く、カエデちゃんに悪い魔女の魔法を解いてもらわないと！　……いや、魔女は俺だったわ。

「わかった。そうするわ」

サツキさんとの話を終えたので支部長室を出て、受付に戻る。

「あ、先輩、精算が終わりましたよー」

受付に戻ると、カエデちゃんが精算書を渡してくれた。

「ありがとう。今日も頑張ったわ」

「そうですね。これでDランクです！」

ん？

「まだ百体に届いてないでしょ。三十体くらいだったし」

「あー……これまでの累計です。以前にも倒してたじゃないですか」

あ、今日からじゃなくて、以前の分も含めて百体っていう意味だったのか。

「なるほどね。じゃあ、俺もDランクか……」

「ですねー。おめでとうございます！」

カエデちゃんが音の出ない拍手をしてくれる。

「ありがとー。あ、じゃあ、ナナポンもDランクに戻していいよ」

「うーん、あの子はもうちょっと様子を見ます。調子に乗りそうな気もするんで」

……なんだろう。遠回しに俺に言ってるように聞こえるのは気のせい？

「そうだね。謙虚さが大事……」

「先輩、どうしました？」

カエデちゃんが心配そうに顔を覗き込んできた。

「えーっとね……いや、後で話すわ」

ちらほらと人が増えてきたし、邪魔をするのはマズい。

「そうですか。じゃあ、ちょっと待っててください。もうすぐあがりなんで」

カエデちゃんに言われて時計を見ると、時刻は四時四十五分を回ったところだった。

「じゃあ、俺はシャワー浴びて着替えてくるわ。表で待ってるから」

「はい！　じゃあ、また後で」

カエデちゃんのいる受付から離れて更衣室に向かう。更衣室は朝とは違い、数人の男性が着替えていた。

やっぱり夕方になると、人が少しだけど増えるな……

嬉しくもない男の着替えを見るのをやめて服を脱ぎ、シャワーを浴びる。そして、シャワーを終えると、服を着て、更衣室を出た。更衣室を出た際にチラッと受付を見たが、すでにカエデちゃんはいなかった。

そのままギルドを出て、ギルド前でスマホを見ながらカエデちゃんを待つことにした。

えーっと、清水……清水リン……

時間があるのでスマホを取り出し、今日会ったリンさんの名前を検索する。

あー……Ｂランクだわ。めっちゃ格上だったのか。確かに強そうだったもんなー。俺、失礼なことをしてないよな……？

その後もヨシノさんのパーティーを調べていくが、やはり人気なだけあって情報も多かった。

中には某男性俳優との熱愛みたいなゴシップまであった。というか、ヨシノさんってゲスい系のゴシップが多いな……ＡＶデビューの噂まである。今度、聞いてみようと思う。

スマホを見続けていると、ふいに肩を叩かれた。肩を叩いてきたのはもちろん、さっきまでの色気のない制服ではなく、俺の要望に応えた格好をしているカエデちゃんだ。

「お待たせです。何を見てるんですか？」

「ヨシノさんについて調べてた」

「ヨシノさん？　ふーん……」

あ、これは嫉妬の目だ。かわいい奴め。

「ちょっとその辺も話すわ、寒いし、行こうか」

「はい！　いつものところでいいですか？」

いつものところというのはギルドの近くにある個室の居酒屋だ。

「だね。行こう」

「はーい」

　カエデちゃんはそう言うと、腕を組んできた。

「カエデちゃん、温かーい」

「でしょー。ささ、行きますよ」

　俺達は仲良く、歩き出すと、居酒屋に向かった。数分歩き、居酒屋に着くと個室に通されたため、ビールを頼み、乾杯する。

「いやー、お疲れだったね」

　ビールを飲みながらカエデちゃんをねぎらう。

「先輩もお疲れ様です。一日は大変だったでしょ」

「まあね。正直、スケルトンはもういいや。飽きた」

「でしょうねー。クーナー遺跡にしても、ダイアナ鉱山にしても、スケルトンですもんね。ナナカちゃんもですけど、先輩ってスケルトンの剣しか納品してないんじゃないかと思っちゃいますよ」

　完全にスケルトンハンターだな。嫌だわ。

「実際そうだしね。でも、Dランクになれたし、もういいや」

「次はどうされるんです？」

　カエデちゃんがビールを飲みながら聞いてくる。

「あー、それそれ。実は今日、クーナー遺跡でヨシノさんに会ったんだよね」

「へー、まだいるんですね。あ、スケルトンの剣が拾えなくなったってそういうことですか」

「そうそう。さすがに学習して、ヨシノさんの前では拾わなかった」

「先輩、偉い！　それでヨシノさんは何をしていたんです？　探り？」

「いや、新人指導だってさ。カエデちゃん、リンさんって知ってる？　清水リンさん」

「知ってますよー。キリっとした人でしょ？」

確かにキリッとしていた。剣士らしく、姿勢や立ち振る舞いがきれいだった。正直、エレノアさんやヨシノさん、あと、サツキさんよりもずっと剣道女性って感じがする。

「そうそう。その人もいた」

「ほうほう……それでさっき調べてたんですか？」

「うん。俺、リンさんを知らなかったわ。Ｂランクなんだね」

言い訳をすると、Ａランクしか調べてなかった。だって、Ｂランクってそこそこいるんだもん。

「まあ、先輩は知らないでしょうね。逆にヨシノさんを知ってるのがね……男の子だなーって思います」

カエデちゃんがジト目で見てくる。

「まあ、どうしてもそういう記事に目は行くからね。しゃーない」

「ふーんだ」

カエデちゃんがわざとらしく拗ねた。

「まあまあ。それでさー、パーティーに誘われたんだわ」

「先輩が？」

「うん、エレノアさんじゃなくて、俺」

「先輩の方から攻めてきたか……」

　カエデちゃんが悩みだす。

「それでさっきサツキさんに相談したんだよ」

「サツキさんは何て言ってました？」

「好きにしろだと。ヨシノさんはバレても金でどうとでもなるし、むしろ、引き込んだ方が良いって感じだった」

「あー……似た者従姉妹ですもんね」

　ホント、それ。金のことばっか。

「それでカエデちゃんに相談しようと思って」

「先輩はどう考えているんです？」

「俺はいいかもなって思ってる。止式なパーティーじゃなくて、時間が合った時に一緒に行こうって程度なんだよ。色々と教えてくれるそうだし、何より、今日一人で冒険して、一人がキツいことに気が付いた。危険があるとかじゃなくて、話す人がいないとつまらない」

「あー……エレノアさんはナナカちゃんがいますしねー……」

　そうなんだよね。あいつが俺を嫌がらなければ、何も問題はない。でも、わがままナナポンだからしょうがない。

「だからエレノアさんはナナポンと行くし、沖田君は時間が合えば、ヨシノさんと行ってもいいかもって思ってる。ただ、向こうはエレノアさんを調べてるからね」

「ですよねー……うーん、一つ聞いてもいいですか？」

カエデちゃんが箸を置いた。

「なーに？」

「下心はありますか？」

カエデちゃんがマジの目で俺を見てくる。

下心……確かに恐ろしい魅了魔法を持った人だが……

「ないねー。それにそこまで深く関わるつもりもない。メインの冒険はナナポンとだし、あくまでもナナポンがダメだった時にたまに行く感じ」

「すごい女タラシみたいなことを言ってますね」

……ホントだ！　本妻のナナポンがダメだったら浮気相手のヨシノさんと遊ぶみたいな感じになってる！

「そういう意図はないんだけどね」

「わかってますよ。あなたは根が正直だからそんなことはできません」

褒めてるのかな？　うん、きっと褒めてる！

「うーん、まあ、とにかく下心はないね」

　というか、弟子の上に立ちたいだけだからね。

「じゃあ、いいんじゃないです？　別に一生、パーティーを組むっていうわけではないですし、合わないなとか、なんか違うなって思ったら抜ければいいんです。実際、皆さん、そんな感じです」

　これはそうなんだよな。俺が冒険者をやろうと思った理由の一つにそういう人間関係のドライさもあった。あんなクソ上司みたいなのに当たりたくなかったから。

「じゃあ、前向きに考えてみようかな……」

「いいと思います。私的にはソロよりそっちの方が安心です」

　無事を祈り、待っている方はそう思うか……

「なるほどねー……あ、それとさ、俺ってイキってる？」

「イキる？　先輩が？　うーん、私にはそんなことはないですけど、そういうところがあるのは知っています。ほら、好戦的なところを直せって言ったでしょ」

「今日、剣術レベル４のヨシノさんを煽ったわ」

「ホント、やめてください。剣術レベルが６もあって嬉しいんでしょうけど、サイテーです」

　足を払ってこけさせたことは言わない方がいいな。

「やっぱり嫌？」

「私が店員にタメ口を利いたり、命令口調で怒ってたら嫌でしょ」

嫌だわ。そんなカエデちゃんは見たくない。

「俺、敬語使えるよ？」

「当たり前です。あなた、二十六歳でしょ。もうちょっと人に敬意を持ちましょう。はい、サツキさんはすごいです」

カエデちゃんがリピートアフターミーを要求してくる。

「サツキさんはすごいです」

「ヨシノさんは尊敬すべきAランクです」

「ヨシノさんは尊敬すべきAランクです」

何だこれ？

「カエデちゃんはかわいいです」

「カエデちゃんはかわいいです」

言うまでもあるまい。

「はい、よろしい！　かんぱーい！」

「かんぱーい」

俺とカエデちゃんは残り少ないジョッキで乾杯をする。

「いやー、明日が休みって素晴らしいですね！」

「だねー。飲もう、飲もう！」

「はい！　あ、カラオケに行きましょうよ！　盛り上げマスターの私に任せておいてください！」

カエデちゃんって色々マスターしてるね。

その後、俺とカエデちゃんはおかわりを頼むと、楽しく飲んだ。そして、二次会でカラオケに行き、べろんべろんになったカエデちゃんを連れて、家に帰った。


カエデちゃんと飲みに行き、カラオケで盛り上がった翌日、十時に起きた俺達は回復ポーションで二日酔いを治し、朝ごはんを食べた。

「昨日ははっちゃけすぎました……」

カエデちゃんが喉を押さえる。

「めっちゃ歌ってたもんね」

「ですです。でも、回復ポーションってすごいですね。二日酔いも喉も治りました」

カエデちゃんが朝起きた時はかわいい声がガラガラだったのだ。

「便利だよねー」

「ホントですねー。先輩様々です。かーっこいい！」

錬金術は本当に素晴らしいスキルだわ。

「カエデちゃんもかわいいよー」

「知ってるー！　あ、先輩、コーヒー飲みます？　淹れてあげます」

本日のデイリーミッションを達成すると、カエデちゃんが上機嫌になった。

「おねがーい。あ、ヨシノさんに電話するわ」

「昨日言ってたパーティーの件です？」

「それは後。まずはエレノアさんでアイテム袋を売る件を話すわ」

「なるほどー。わかりました。じゃあ、黙っておきます」

カエデちゃんはそう言うと、洗い物を持ってキッチンに向かった。

テーブルから立つと、ソファーに向かい、置いてあるカバンからＴＳポーションを取り出して飲む。すると、すぐにカエデちゃん絶賛の沖田君からナナポン絶賛のエレノアさんに変わった。

ブカブカになったスウェットの袖を捲ると、エレノアさんのスマホを操作し、ヨシノさんにスピーカーモードで電話をかける。

『もしもし？』

電話をかけ、数コールすると、スマホから怪訝そうなヨシノさんの声が聞こえてきた。

「どうもー。はじめまして、エレノア・オーシャンと言います。三枝ヨシノさんの携帯で合ってるかしら？」

『エレノア⁉　すまん、ちょっと待ってくれ』

ヨシノさんがそう言うと、電話の向こうからバタバタという音が聞こえてくる。

『すまん、待たせたな』

しばらくすると、ヨシノさんが電話に出て、謝ってきた。

「いいえ。お仕事中だったかしら？」

『いや、買い物中だったんだ。今、車に戻った』

この人、車を持っているのか……俺もやっぱり車を買おうかな？

「お休みのところ申し訳ないわね」

『いや、暇してての買い物だからちょうどよかった』

この人も今日はオフか。

「じゃあ、本題ね。沖田君から聞いたんだけど、私からアイテム袋を買いたいというのは本当？」

『ああ、そうだ。沖田君に橋渡しを頼んだ。ちなみにだが、君は沖田君と知り合いなのか？』

早速、探ってきたな。

「知り合い……まあ、知り合いかな？　ウチのギルドは人が少なくてねー。特に昼間に会う人は数人だもの。会って少しお話しする程度よ」

昨日、ヨシノさんに指摘されたし、こう答えておこう。

『そいつは彼女持ちだぞ』

何かの牽制か？

「知ってる。とってもかわいらしい彼女さんね」

洗い物を終え、キッチンから戻ってテーブルに座っているカエデちゃんが満面の笑みで頷いた。カエデちゃんはかわいいと言われると、ものすごく喜ぶのだ。そういうところがかわいい。

『いや、知ってるならいい。カエデも知ってる子だし、気になっただけだ』

俺らの関係性を探りたいだけだろうに。

「ふーん、まあいいわ。アイテム袋は百キロでいいの？」

『……それ以外もあるのか？』

「さあ、どうでしょう？　聞いてみたら？　もしかして持ってるかもよ？」

『……百キロでいい』

　おやおや、いくじなしめ。

「いくらで買うの？」

『四千万で買いたい』

　四千万から四千五百万だったな……

「四千五百万ねー。じゃないと、オークションで出した方がいいもの」

　五千二百万円で売れたし、手数料を引けば、四千五百万がいいところだ。

『そこをなんとか……四千百万出す！』

　きざむつもりか？　こいつ、ホント金に汚い。

「めんどくさいわねー。わかったわよ。四千三百万にしてあげる」

『四千二百五十万で……』

　まさか五十万単位できざみだすとは……

「ハァ……それで結構。他の人に言ったらダメよ。本当は四千五百万なんだから」

『わかった！』

　二百五十万円も浮いて喜んでそうだわ。

「受け取りはいつ？　あ、現金でお願いね」

『げ、現金か？　わ、わかった。受け取りはいつできる？』

「いつでも。あなたの準備ができたらでいいし、予定が空いていればいつでもいいわよ」

『わかった。ちなみになんだが、オーブをもらえることはできるか？』

　オーブ？　あー……カバンをアイテム袋にするやつね。

「なんで？」

『私のお気に入りのカバンを百キロにしたいんだ』

　見え透いてるなー。本当にオーブを使っているのかの探りだろう。

「それは無理。もうアイテム袋にしちゃったし」

『そうか……できたら肩にかけるやつがいいんだが、ないか？』

「それならあるわね」

　適当に買うか。せめて、ヨシノさんの好みっぽいカバンにしてあげよう。うーん、サツキさんに聞くか？

『じゃあ、それで頼む。受け取りは……明日でもいいか？』

　明日？　早いな。

「いいわよ。どこで取引をする？」

『池袋ギルドの近くにあるファミレスでどうだ？　奢るぞ』

　あそこか……しかし、ファミレスねー……

「そんなところで取引をするの？　あまり大っぴらにできる取引ではないわよ？」

『大丈夫。ファミレスでそんなことをしているとは誰も思わん。あ、でも、あの格好はやめてくれ。さすがに目立つ』

服がないんだけどなー……カエデちゃんに借りるか。

「わかったわ。じゃあ、昼でいい？」

奢ってくれるらしいし、昼食にしよう。

『ああ、ジュースやコーヒーならいくらでも飲んでくれていい。あ、食事は一つまでだぞ。それ以上は自腹で頼む』

何がいくらでも飲んでいい、だ。ドリンクバーじゃねーか。この人、マジでドケチだ。

「じゃあ、それでいいわ。切るわよ」

『あ、最後にいいか？』

「何よ？」

『君、剣術レベルはいくつだい？』

直接的だなー。

「じゃあ、10にしておいて」

『ふーん、わかった。じゃあ、明日な』

ヨシノさんはそう言って、電話を切った。

「ふぅ……こっちはとりあえず終わったな」

一つ息を吐くと、テーブルに座っているカエデちゃんを見る。

「ですねー。あ、コーヒー飲みます？」

カエデちゃんが腰を上げながら聞いてくる。

「飲む、飲む。カエデちゃん、優しい！」

「でしょー！」

カエデちゃんは上機嫌で頷きながらキッチンに行くと、すぐに二つのコップを持って、俺が座っているソファーにやってきた。そして、コップをソファーの前のローテーブルに置き、隣に座る。

「次は沖田先輩です？」

「そうそう。でも、ちょっと時間を置くよ」

ＴＳポーションを取り出すと、一気飲みし、沖田君に戻った。そして、ある程度、時間を置くと、スマホを手に取る。

「今回は別にしゃべってもいいからね」

「まあ、邪魔しちゃ悪いし、黙ってますよ」

カエデちゃんはコーヒーをふーふーしながら言う。

「じゃあ、かけるわ」

沖田君に戻ったので沖田君用のスマホを出し、ヨシノさんに今度もスピーカーモードで電話をかけた。すると、今度はワンコールでつながる。

『もしもし、沖田君かい？』

当たり前だが、ヨシノさんだ。

「どうもー。昨日はありがとうございました。一緒にやれて良かったです」

『こちらこそ、どうも。まだそのキャラで行くのかい？』

「リスペクトが大事と妻に言われまして」

そう言うと、妻（予定）が肩を叩いてくる。

『まあ、リスペクトは大事だね。それで何の用だい？』

「あ、今、電話しても大丈夫でしたか？　お仕事とかは？」

『今日はオフだから大丈夫だよ』

知ってる。さっき聞いたもん。

「実は昨日のパーティーに入る件なんですけど、限定的なら良いかなと思いまして」

『限定的というと？』

「どうしても一人でやりたいという気持ちもあるんです。あまり社交的な方ではないですし、高レベル、高ランカーとやるのは恐れ多いのもあります」

『恐れ、多い……？　私の剣術レベルを鼻で笑った君がか？』

カエデちゃんがまたもや肩を叩いた。

「その節は大変申し訳なく……レベル7のEランクの分際で図に乗っていました」

『君、極端だなー。いや、まあ、君が好きな時でいいよ。元より正式に入ってほしいわけじゃないからね。一緒に剣の高みを目指そうって感じ』

……落ち着け、俺！　これは誘いだ！　絶対に罠だ！

「……頑張りましょう！」

『おー、耐えた。絶対に剣術レベル4止まりが何を言ってんだって鼻で笑うと思ったのに』

「罠を張るな」

『でも、思っただろ？』

思ってない。

「剣は己との勝負なのだよ」

何かの漫画かアニメでそう言ってた！

『まあ、私はお金になれば何でもいいんだけどね』

こいつは絶対に剣術レベル5になれない。

「頑張ってください。それでヨシノさんの都合はどうです？　実はカエデちゃんにDランクにしてもらったんで次のステップに行こうと思ってるんですよ」

『あれ？　スケルトン百体は？　昨日で百体も倒したのかい？』

「いや、これまでの累計だそうです。それで昨日の分で百体に届きましたんでDランクになりました」

『へー、それは良かったね。それで次のステップかー……いいと思うな。君の実力ならクーナー遺跡は退屈だろう』

まあ、さすがにスケルトンは飽きた。

「それで、いいところを知りませんかね？」

『うーん、君が魔法を使えないことを考えないといけないね』

「無能ですみません……」

俺にはナナポンがいるし、杖でエアハンマーも使えるんだぞ！

『そのキャラ、やめない？　謙虚を通り越して自虐的すぎてちょっと……』

うざかったか……

「じゃあ、やめるわー。何かいいところないの？　俺もネットで調べてるんだけど、どこがいいのか悩んでる」

『うーん、ミレイユ街道はどう？』

ミレイユ街道……

俺も調べているから知っているが、道と草原しかないという何とも面白みのない場所である。

「その心は？」

『魔法を使ってくるモンスターがいないね。君が注意するとしたらグレートイーグルっていう鳥ぐらいかな？　それは私の魔法で倒せる』

なるほど……

「ヨシノさん、ちょっと待ってね……カエデちゃん、どう思う？」

電話を保留状態にし、カエデちゃんに意見を求める。

「悪くないと思います。実はエレノアさんとナナカちゃんがダイアナ鉱山に行けなくなりそうって話になった時から考えてたエリアです。出てくるモンスターもさっきヨシノさんが言っていたグレートイーグルやハイウルフといった獣系なんです」

カエデちゃんも考えてくれてたのか。さすがは専属。

「気を付けることは？」

「ヨシノさんが言ってたようにグレートイーグルの空からの奇襲です。その他は開けたところなのでまず奇襲は受けません。まずはヨシノさんに連れていってもらい、どういうところか学ばせてもらいましょう」

「わかった」

電話の保留を解除する。

「悪い、待たせた」

『いいよ。でも、何だったの？』

ヨシノさんが聞いてくる。

「カエデちゃんに相談してた」

『あー、一緒に住んでるんだったね。じゃあ、君らも休み？』

「そうそう。カエデちゃんは俺のアドバイザーだから今後のことを相談してたんだよ」

軍師カエデちゃん。特技はウィンクだ。

『なるほどね。それで？　どうする？』

ヨシノさんがミレイユ街道でいいか聞いてくる。

「一度、一緒に行きませんか？　俺も調べてはいるし、カエデちゃんに聞きましたが、やっぱり行ってみるのが一番だと思うので」

お願いをする立場なので敬語に戻してしゃべる。

『いいよ。一緒に行こうか。あー、昨日のリンとの三人パーティーになるけどいい？』

リンさんか……良い人そうだったし、問題はないな。

「はい。お願いします」

『いつがいい？』

ここで俺の方から約束があるから明日はダメって言ったらマズいのはわかる。

「今週のどこか空いてます？」

『うーん、明日はダメだし、明後日は？』

明後日は金曜か……俺は問題ない。

チラッとカエデちゃんを見ると、カエデちゃんが両手を頭の上に持っていき、丸のポーズを取った。カエデちゃんが仕事じゃない日は俺も休みなのだ。

「俺も明後日で問題ないので、その日でお願いします」

『わかった。昨日と同じで朝から行くかい？』

朝？　眠いなー……と思ったのだが、隣にいる人が力強く頷いていた。

「朝から行きましょう」

『ん。じゃあ、朝の九時にゲート前ね。ゲート前は他の冒険者がいるだろうし、モンスターもあまり出ないから安心して』

「わかりました。あ、リンさんにもよろしくとお伝えください」

なんか敬語だと社会人時代を思い出すな。やっぱりやめよう。

『はいはい。遅刻しないでね』

「八時半には着くから大丈夫」

『いや、もうちょっとゆっくりでいいよ』

「カエデちゃんが八時半出勤だからその時間になる。ヨシノさん達はゆっくりでいいよ」

そう言うと、カエデちゃんが何も言わずに大きく頷いた。

『……君達、サツキ姉さんに舌打ちされたことない？』

「よく『ケッ！』って言われますね」

あいつはホンマ……

『サツキ姉さんは小さい人だけど、擁護することにするよ』

「仲良くしなよー」

俺らみたいにさー。

『……彼氏、作ろうかな？』

「あ、某男性俳優との熱愛ってマジなん？」

『あー……その人ね、会ったこともないよ。切ってもいいか？』

「待って、待って。じゃあ、十代のアイドルグループの子と付き合ってるってマジ？」

ヨシノさんはこういうゴシップがめちゃくちゃあった。ゲスいのもたくさんあった。

『そういうのは辟易してるよ……合ってるのは出演交渉で法外な値段をふっかけたってのだけ』

やっぱりあれは合ってるのか……

「なんかゴメン。芸能人みたいだったから」

ＡＶ出演の真偽を聞くのはやめておこう。

『よく言われるよ。じゃあね、また金曜日に』

「はい、よろしくお願いします」

『こちらこそ』

ヨシノさんはそう答えて電話を切った。

「よし！　連れていってもらえる」

「良かったですねー」

カエデちゃんが慈愛の笑みで頷く。

「もし、金曜に行ってみて、大丈夫そうだったらナナポンとも行くわ」

「ですね。そういえば、ナナカちゃん、変装をどうするのかな？」

「さあ？　マジでひょっとこか骸骨の仮面で来たら笑うわ」

さすがにそんなことはないと思うが……

「どうですかねー？」

「まあ、待つよ。あ、それとさ、明日、服を貸してくれない？　エレノアさんの姿でヨシノさんと会うんだけど、服がないわ」

ヨシノさんも黒ローブはやめろって言っていた。

「うーん、先輩、これからもこんなことがあるかもしれませんし、エレノアさん用の服を買いません？」

「服ねー……」

まあ、毎回カエデちゃんから借りるのも悪いし、カエデちゃんも嫌だろう。

「カエデちゃん、適当に買ってきてよ。俺、わかんないし」

「いいですよー。あ、だったらこれから買いに行きましょうよ。買い物デートしましょう」

やった！

「いいねー。じゃあ、準備して出ようか」

「はーい」

まあ、デートという名の買い物だが、嬉しい。実はこれが初デートだったりするのだ。その後、俺達は準備をして家を出る。そして、デートをし、服などを買うと、家に戻って休みを満喫した。

俺は人の気配がしたので目が覚めた。目を開けると、目の前にはかわいい顔をした子が俺を覗き込んできていた。

「おはようです」

「カエデちゃん、おはよー……」

眠い。

「昨日、何時に寝たんです？」

「三時くらいかな？　ナナポンが電話してきた……」

深夜の十二時くらいにかかってきた。

「ああ、なるほど。だからエレノアさんなんですね」

カエデちゃんにそう言われて、布団の中で手を下半身に持っていく。

「あ、ホントだ。ない」

「何がとは聞きません。寝ても良いですけど、昼にヨシノさんと取引があるのを忘れないでくださいね」

「うん……カエデちゃん、一緒に寝ようよ。そして、時間になったら起こして」

「私も寝たいですよ。でも、仕事です」

あ、カエデちゃんがパジャマじゃない。お出かけ用の服だ。

「いってらっしゃい……」

「いってきます。テーブルにおにぎりを置いておきましたから食べるんですよ」

お母さんかな？

「はーい……」

カエデちゃんは返事を聞くと、立ち上がり、部屋を出ていってしまった。

　俺は睡魔と布団の温かさに勝てず、目を閉じた。

　おやすみ……


　ピンコーンという音がした。枕元のスマホに手を伸ばし、スマホを見る。

【そろそろ起きましょう。準備があるでしょうし、寝すぎは良くないです】

　カエデちゃんからのメッセージである。時計を見て、時間を確認すると、十時だった。

　ベッドで横たわったまま、スマホを操作する。

【起きたー！　ありがとう！】

　これを送ると、すぐに返事が来た。

【起きるというのは布団から出ることです。絶対にまだ布団の中でしょ】

　それを見て起き上がり、部屋中を見渡す。

「カメラ？」

　首を傾げながらもベッドから降り、リビングに向かった。テーブルの椅子に座ってスマホを操作する。

【起きてたよー】

【三十秒。ダウト】

　エスパーカエデはすごいなー。

【カエデちゃん、すごーい】とだけ返し、スマホをテーブルの上に置くと、キッチンに行き、水を飲んだ。そして、カエデちゃんが握ってくれた丸いおにぎりを食べだす。

「おいしいけど、冷たいなー。寒いし」

もうすぐ冬になる。そろそろエアコンの出番だろう。

おにぎりを食べ終えると、顔を洗い、目を完全に覚ました。

「カエデちゃんが起こしてくれなかったら、絶対に昼まで寝てたな……」

カエデちゃんは本当に良い子だわー。それに比べてナナポンはなんという時間に電話してくるんだ。しかも、エレノアさんの弟子っぽい服はどんなのがいいですかという内容。ものすごくどうでもいい。

「……着替えるか」

自室に戻ると、クローゼットを開け、タンスを開けた。

「うーん、半分が女物の服に侵食されてしまった」

見る人が見たら完全に女装趣味の人のタンスだ。本来なら同居人には絶対にバレてはいけないものだろうが、ウチは問題ない。何故なら、これらの服は全部、カエデちゃんが選んでくれたものだからである。しかも、このトップスにはこのボトムスという感じでコーデも決まっている。昨日、買い物デートで服を買い、家に帰ったらそう教えてもらったのだ。楽しかったけど、とんでもない初デートだった。

「どれにしようかー……」

悩んだものの、どれも一緒だろうと思い、適当に選ぶと、着替え始める。

「あー、いい匂いがしない服だなー」

カエデちゃんの服が良かったよ……

服を着替え終えると、再び脱衣所に行き、洗面台の鏡の前に立つ。鏡に映る金髪女は白のセーターに茶色のロングスカートを穿いていた。

セーターが白い理由は普段が真っ黒のローブだから逆の明るめの色を着れば、バレにくいということからである。

「完全に女だな……当たり前だけど」

これまでカエデちゃんに服を借りた時以外に着た女物の服は黒ローブだけだった。カエデちゃんに服を借りた時だって、鏡で自分の姿を見たわけではない。実質、エレノアさんの普通の私服姿を見るのはこれが初めてである。

「美人とは思うが、普通だな」

カエデちゃんの方が絶対にかわいい。

「今は……十一時か」

さっさと準備をして出ようと思い、長い髪をヘアゴムで一本にまとめると、後ろではなく、左肩の前に持ってきた。

「これでいいや。後ろは目立つ」

いくら黒ローブではないとはいえ、どうしてもこの長い金髪が目立つ。前に持ってきたら多少、マシだろう。

準備を終えたので、昨日、カエデちゃんに選んでもらい、家に帰ってから輪ゴムを入れて作ったヨシノさんに売る用のカバンを自分の白いカバンに入れた。そして、コートを羽織ると、カバンを肩にかけ、透明化ポーションを飲む。

すべての準備を整えたので、家を出て、誰もいない所で透明化を解く。そして、タクシーに乗って少し経つと、目的地であるファミレスに到着した。運転手に料金を払うと、タクシーを下り、ファミレスに入る。

「いらっしゃいませー！　御一人様ですか？」

ファミレスに入ると、女の店員さんが元気に声をかけてくる。

「えっと、待ち合わせなんだけど……あ」

店内を見渡していると、知っている顔が手を挙げているのが見えた。

「あれ」

すでに来ていたヨシノさんを指差す。

「どうぞー」

店員さんにそう言われたのでヨシノさんがいる席に向かった。

「こんにちは。遅れてごめんなさいね」

ヨシノさんの対面に座りながら謝る。

「いや、私が早く来すぎただけだ。しかし、そのサングラスはなんだ？」

ヨシノさんが呆れた顔で俺の顔を見てくる。

「芸能人っぽくしたんだけど……」

実は昨日、ノリノリで買ったんだけど……

「取れ。逆に目立つ」

ちぇー……

言われた通りサングラスを取ると、コートも脱ぎ、隣に置いた。

「それにしても普通の服を初めて見たな」

俺も見たのはさっきが初めてだよ。

「変かしら？」

なお、俺のおしゃれマスターを侮辱したら帰る。

「いや、似合ってるよ。ただ、あの黒ローブのイメージが強すぎてな。君、私服もあれなんだろ？」

「誰が何を着ようと別にいいじゃない」

「ああ、構わん。だが、君はまるでわざと目立つようにしているようにも見える」

合ってるー！　エレノアさんは沖田君の隠れ蓑だもん。

「目立つのが好きなの」

「そうは見えんのだがな……目立つのが好きという割にはフロンティアでは人を避けている」

「目立つのは好きだけど、絡まれるのは嫌いなの。わかるでしょ？」

「まあ、そうかもな……すまん、探る癖がついているようだ。好きな物を頼んでいいぞ。おすすめはドリアだ」

　ヨシノさんがそう言って、メニューを渡してきた。それを受け取ると、メニューを見ていく。

　…………。

　ドリアって一番安いやつじゃねーか……今から四千万以上の取引をするっていうのにそこをケチるなよ……

「三枝ヨシノさん、いえ、ヨシノさん、ここは私が奢りましょう」

　メニューを返しながら告げる。

「いや、私が出すよ。ドリアは美味いぞ」

「私はチーズハンバーグを食べるの！」

「そうか……奢ってもらって悪いな。私もそれにする」

　確信して言える。こいつ、リンさん以外に友達はいない。

　俺達はチーズハンバーグのセットを頼み、ドリンクバーのジュースを飲みながら待った。少し待っていると、俺とヨシノさんのチーズハンバーグセットが届いたので食べ始める。髪は前にあると邪魔だったので、後ろにした。

「うん、美味いな」

「まあね」

　安いけど、それなりに美味いもんだ。

「食べながらでいいんだが、聞いてもいいか？」

「どうぞ。好きなだけ詮索しなさい」

「そんなつもりはないんだが……」

「無理無理。みーんな詮索してくるわ。先に言っておくけど、フロンティア人じゃないわよ」

そもそもフロンティア人って本当にいるんだろうか？　俺は人型ではなく、エイリアン説を押している。

「まあ、雑談とでも思ってくれ。君、なんで池袋のギルドにしたんだ？」

「適当に決めた。意味はない」

実はこれは本当。なんとなくで決めた。きっと運命だったんだと思う。なお、これをカエデちゃんに言ったら鼻で笑われ、近かったからでしょ、と返された。せいかーい。

「じゃあ移籍しない？」

「しない。あなたの従姉さんにお世話になってるし」

「そうか……なあ、サツキ姉さんは私のことを何て言ってた？」

この人、本当にそこを気にするな。そんなに気になるなら移籍するなよ。

「金の亡者」

「……あの人には言われたくない」

どっちもどっちだわ。あんた、ドケチじゃん。

「ねえ、あなたってなんでそんなにケチなの？」

「ケチじゃない」

「じゃあ、ここを払ってよ」

「……え!?　い、いや、いいぞ！」

めっちゃ驚いた顔をしたし……

「あなたってポーションをケチって死にそうね」

「それはない。私はフロンティアがいかに危険かをわかっている。私は武器も防具も良いやつを揃えているし、回復ポーションも絶対に用意して冒険に行く」

そういえば、この人の剣って一億超えだったな。パーティーリーダーだし、その辺はちゃんとしているんだろう。

「ふーん、まあいいけど、めんどくさいから進んで取引をしたい相手ではないわね」

「基本的にこういう取引は別の者がやるな。今日は特別」

特別にしなくてもいいからその別の者を呼んでほしかったわ。まあ、取引とは別に探りがあるからだろうな。

「ならいいわ。今度からはその人も呼んでちょうだい」

「そうする……なあ、レベル２の回復ポーションは売らないのか？」

おそらく、これがメインの話題だろう。

「レベル２の回復ポーションなんて知らないわね」

「隠すな。サツキ姉さんから聞いているだろう。私は本部長の部下だ」

「ふふふ、素直な子ね」

「君に隠しても無駄だろう。なにせ魔女なんだから」

魔女ねー……本当に魔女が定着したな。実は魔法が使えないって言ったらどういう反応をするのだろう？

「本部長さんに伝えて。もう少し待って」

「もう少し？　どれくらいだ？」

「クレアに売るって約束したの。クレア・ウォーカーって知ってるわよね？」

「ああ、アメリカのＡランクだ。もう契約したのか？」

まあ、さすがにクレアは知ってるわな。

「まだ。今、彼女はアメリカに帰ってるのよ。戻ってきたら契約する」

「まだ契約してないなら先にしたい」

本契約がまだなら割り込める。確かにそうだろう。だが、それは企業や商人の考え方だ。俺はそのどちらでもない。

「焦らない、焦らない。確かにまだ契約してないけど、私はクレアに売るって言ったの。私はそれを優先する。魔女は約束を守るのよ」

「どういう契約を結ぶんだ？」

「レベル２の回復ポーションを百個売る。そして、他所には売らない」

「待て……さすがにそれは待ってくれ」

ヨシノさんが焦っているのがわかる。

「もちろん、期限を決めるわよ。ただ、そういった細かい決めごとがまだなの。その契約が終わったら本部長さんのところに行くから待ってなさいって言ってるの」

「何とか先にこっちと契約できないか？」

「しようと思ったけど、レベル2の回復ポーションを百万円ではねー……クスクス」

やーい、やーい。

「それは……すまない。こちらのミスだ」

まあ、あんたらは関係ないだろうよ。進藤先生が悪い。あと、あの元上司に似た野中って男。

「あ、そうだ。私を拘束するって話はどうなったの？　全然、誰も来ないけど」

「あんな脅しをされたら拘束なんてできない。君だってわかっているだろう」

得体の知れない魔女がゲートを閉じてやるって言ってきたらねー……

「ふふ、拘束されないのなら安心だわ」

「なあ、本当にゲートを閉じることができるのか？」

できるわけねーじゃん。

「さあ？　どうかしら？　どうせ、あなた達も信じてはいないのでしょうけど、一パーセントでもできる可能性を残しておくわ」

可能性が一パーセントもあれば十分。それで何もできなくなるし、動けなくなる。エレノア・オーシャンを捕らえるメリットよりもゲートを閉じられるデメリットの方が遥かに大きいのだ。

「その通りだ。アメリカからの圧力もあるし、君を拘束することはできないから黙認状態になっている。だが、それを気にしない連中もいることを忘れるな」

この前の連中のことかな？　まあ、そもそもすでにゲートを閉じられている連中からしたら関係ないし、メリット、デメリットを考えない連中もいる。

「気を付けるわー」

「随分と余裕だな……」

「ふふ、震えて怖がった方が良かった？」

「君、誰かさんに似てるな」

誰かさんって沖田君かな？

沖田君はもうイキってないぞ！

「さぞ、美人なんでしょうね」

「美人ではないな……普通の……普通？　うん、普通の男だ」

言い淀むなや！　絶対に良い意味じゃないだろ！　悪口だろ！

「ふーん、まあいいわ」

「なあ、これからどうする気だ？」

ヨシノさんはチーズハンバーグを食べ終えたようでフォークを皿に置く。

「これからとは？」

「冒険者を続けるのか？」

「当たり前じゃない」

「ダイアナ鉱山か？」

さすがに本部長の子飼いなだけあって詳しいな。

「そこはもういいかな？　ねえ、いい場所を知らない？　私の弟子でも行けるところ」

「弟子？　横川ナナカか？」

ナナポンのことを知っているのか……

例の誘拐事件でハリーとクレアが言ったんだな。

「ナナカさんは未成年の学生さんだから言わないでね。今度からは変装してくるから」

「変装ねー……まあ、横川のことは黙っておく。私としても女性冒険者を危険な目に遭わせるつもりはないからな」

この前の新人指導といい、やっぱりこの人はそういう女性冒険者を支援する活動もしているんだ。

「よろしく」

「でも、弟子って何だ？　横川を魔女にでもする気か？」

実は魔法が使える分、ナナポンの方がエレノアさんより魔女だったりする。

「そんなつもりはないわよ。単純にお手伝いをしてもらってるだけ。それでナナカさんが行けそうなところってどこ？」

「横川のレベルは？」

「8だったかな？」

あとちょっとで追いつく！

「ふーん……ミレイユ街道はどうだ？　昨日、沖田君にも勧めた」

やっぱりミレイユ街道になるか。昨日も沖田君が勧められたが、やはりクーナー遺跡の次はミレイユ街道らしい。

「まあ、そんなところかもね。ちなみにだけど、冒険者の民度はどう？」

「声はかけられるかもしれないが、クーナー遺跡ほどじゃない。ミレイユ街道は中級の冒険者が行くところだし、クーナー遺跡ほど人は多くない。それに中級くらいになると、パーティーが固まるから勧誘も多くないと思う。逆に上級になると、なりふり構わなくなるから勧誘が増える」

初心者はまずパーティーメンバーを探す。中級者は集まったメンバーで活動する。上級者はパーティーメンバーの取捨選択か。

俺、この王道を進んだら捨てられそう……魔法が使えない奴はいらないって言われるかも……

「なるほどねー。じゃあ、そこにしようかな……」

「一緒に行くか？　明日、沖田君と行くんだが」

俺がその沖田君なんだから行けるわけねーじゃん。

「ナナカさんが大学に行ってるから無理ね。学業優先」

絶対にまともに授業を受けてないだろうし、勉強もしてないだろうけどね。

「そうか……まあ、機会があったら行こう。女性冒険者なら歓迎だ」

マジでなんで沖田君を誘ったんだろ？　聞いてみよ。

「ねえ、さっき、沖田君と冒険に行くって言ってたけど、彼、男性よね？　いいの？」

「別に男性がダメというわけではない。たまにだが、同じギルドに所属している男性冒険者と冒険に行くこともあるしな。単純に気になっただけだ。あれは只者ではない」

ふふん！

「そうなの？」

「剣術の腕がおかしい。なんであんなに実力があるのにルーキーなんだって思ってる。君も何かを感じなかったか？」

と言われても自分だからわからない。

「朝倉さんが好きよね」

「まあ、そうだろうな。付き合っている……いや、付き合ってないんだったか？　よくわからんが、一緒に住んでるらしいし、そうなんだろう」

付き合ってるよー。俺の中では。

「ふーん、よくわからないけど、まあいいわ。そろそろ取引と行きましょう」

ようやくチーズハンバーグセットを食べ終えたので本題に入る。

「ああ、まずはこれだ。現金だから数えるのは大変だろうが、四千二百五十万ある」

ヨシノさんはそう言って、手提げカバンを渡してきた。カバンを受け取ると、カバンを開け、中身を見る。カバンの中には百万円の束が大量に入っていた。

「あなたのことだから四千二百万しかなかったりして」

「そんなことはせん。数えてみろ」

「面倒だからいいわ」

金が入ったカバンを自分のカバンに入れ、そのままアイテム袋となっているカバンを取り出す。

「はい、これが百キロのやつ。言われた通り、肩にかけるタイプにしたわ」

カバンをヨシノさんに渡した。どうでもいいけど、薬の取引みたいだわ。

「確かに……また何かあったら頼む」

「まいど。じゃあ、帰りましょうか」

「送っていこうか？　私は車で来たんだが」

いいなー。

「いえ、ギルドに寄ってから帰るわ。冒険はしないけど、あなたの従姉と話してから帰る」

「サツキ姉さんか……」

めっちゃ気にしてるし。

「良く言っておいてあげるわよ」

「頼む」

立ち上がると、伝票を取り、レジに向かった。ヨシノさんは絶対に出さないだろうが、ついてくる。

レジには女の子をつれた母親らしき人が先に会計をしていたため、並んで待つ。すると、お母さんの横にいる女の子が俺をじーっと見てくる。その子を見下ろしていると、女の子がコートを掴んできた。

「なーに？」

　笑顔で女の子に聞く。

「お姉ちゃん、テレビに出てた人」

　女の子がコートを掴んだまま引っ張ってきた。すると、レジで会計をしていたお母さんが娘の行動に気付き、振り向いてくる。

「アカリ！　やめなさい！　……ウチの子がすみません」

　お母さんは女の子の手を引きはがし、謝ってきた。

「いーえ」

　別に気にしない。これが成人男性だったら事案ものだけど、子供のすることだ。俺は子供が好きなので問題ない。なお、ロリコンという意味ではない。

「ママ、テレビに出てたかっこいい人！」

　女の子は俺に向かって指差してくる。

「やめなさい！　人様に指を向けてはいけません」

　お母さんは女の子を怒るが、仕方がないだろう。だって、かっこいいんだもん。

「ふふふ」

　カバンの中からいつも持ち歩いているサイン色紙とマジックを取り出すと、ささっとアカリちゃんへと書き、サインする。

「あげる」

女の子にサイン色紙を渡す。

「何これ？　ミミズ？」

サインを知らんのかい……

「君って、いつもそんなものを持ち歩いているのかい？」

後ろにいるヨシノさんが前に出てきて聞いてきた。

「あなただって、サインくらい書けるでしょ」

人気者のAランクなんだし。

「まあ……」

ほれ見ろ。

「ママー、パパが好きなおっぱいの大きい人ー！」

「…………」

女の子が前に出てきたヨシノさんを指差し、とんでもないことを言うと、申し訳なさそうな顔をしていたお母さんの顔が能面になった。お母さんの胸部は残念ながら平坦なのだ。

気まずい……多分、この子の家は今日、大嵐だろうなー……

あ、ヨシノさんが何も言わずに帰った！　待て！　逃げるな！　こんなところに俺を置いていくんじゃねーよ！

非常に気まずい思いをしながら会計を終えると、ギルドに向かい、サツキさんにヨシノさんへアイテム袋を売ったことを報告した。

そして、その日はそのまま帰り、家でゴロゴロすることにした。夕方になり、カエデちゃんが帰ってきたため、二人でご飯を食べる。ご飯を食べ終えると、ソファーでのまったりタイムが始まった。

「取引は無事に終わりました？」

隣に座っているカエデちゃんがビールを片手に聞いてくる。

「終わった。予定通り四千二百五十万円で売れたよ」

午後から数えたけど、ちゃんとあった。

絶対にちょろまかしていると思ったのに……

「良かったですねー」

「着々とお金が貯まっていくね」

「ですねー……ところで、先輩はなんでまだエレノアさんなんです？」

家に帰ってからも、カエデちゃんが帰ってからもずっとエレノアさんのままだ。もちろん、理由がある。

「カエデちゃん、ちょっと実験に付き合ってよ」

「実験？」

「そうそう……じゃーん！」

カバンから強化ポーション（防）を取り出す。

「ポーション？　見たことがない色ですし、それが強化ポーションですか？」

「だねー」

そう答え、強化ポーション（防）を飲みだす。

「あー、チェイサーだわー」

強化ポーション（防）を飲み干すと、口直しに缶ビールを飲んだ。

「贅沢なチェイサーですねー」

まあね。いくらで売れるかはわからないけど、軽く何十万、何百万にはなるだろう。

「よし！　まずはカエデちゃん、叩いてみて」

「えー……先輩をですかー？　自分でやってくださいよ」

カエデちゃんは嫌そうだ。

「実はさ、この強化ポーションの効果がよくわかんないんだよね。自分でつねっても痛かったし、剣で指を軽く切ってみたら切れた」

痛かったけど、すぐに回復ポーションをかけたので問題ない。

「よく自分で切れますね……でも、言われてみると、防御力アップって何でしょうね？」

「だよね。当然だけど、肌は柔らかいまま」

お腹を出し、つねってみる。

「確かにぷにぷにですねー」

カエデちゃんが俺の柔らかいお腹をつついてきた。

「でしょー。効果がわかんないんだよ。だからカエデちゃんに攻撃してほしいんだわ」

「なるほど……それで叩いてほしい、と……いや、それでなんでエレノアさん？　叩きにくいですよ」

「沖田君だと嫌じゃん。カエデちゃんに殴られると泣きそうになるわ」

心のオアシスであるカエデちゃんが暴力的になったら死ぬ。

「えー……エレノアさんは良いんです？」

「この人は沖田君じゃないから」

「その線引きがよくわからないですけど、じゃあ……」

カエデちゃんはそう言うと、俺の頭をぺちんと叩いた。

「いや、よえーよ」

「えー……先輩の頭を叩くのは抵抗がありますよー」

「じゃあ、これで叩いて」

そう言って、アイテム袋の中からハリセンを取り出す。

「ハリセン？　それ、どうしたんです？」

「ナナポンを叩く用に作った」

暇だったからね。

「可哀想ですよ……」

「そう思ったから使ってないんだよ。そういうわけで、はい」

カエデちゃんにハリセンを渡す。すると、カエデちゃんが自分の手のひらをハリセンで叩いた。すごく良い音がしている。

「まあ、ハリセンなら……」

「強くお願い。日頃のストレスをぶつけて」

働かないサツキさんへのうっぷんを込めよう！

「わかりましたー……私がお風呂に入っている時に廊下をウロチョロすんな！」

カエデちゃんが俺の頭をばしーんと叩いてきた。

「仕事のストレスを込めてほしかったなー……」

別に他意はないのに……カエデちゃんが着替えを忘れて、バスタオル一枚で出てくるのを待っているだけなのに……

「いや、先輩が悪いでしょ。それよりかダメージはどうです？」

そう言われて、頭をさする。

「痛くないね。うーん、じゃあ、次はこれ」

カバンから昔使っていた竹刀を取り出した。

「マジです？　ガチで折檻じゃないですか」

カエデちゃんがちょっと引いている。

「よろしく。失敗しても回復ポーションがあるから」

「ものすごくやりたくないんですけど……」

「ナナポンのためを思って。試しておかないと危ない」

使うにしても、どのレベルまで耐えられるかを知っておかないといけないのだ。

「ハァ……？　じゃあ、やります」

「次は俺への不満はなしね」

「わかりました……人の胸ばっか見んな！」

カエデちゃんはそう言うと、結構な振りで竹刀を振り下ろし、俺の頭を叩いてくる。すると、頭に衝撃が走ったものの痛くもなく、ダメージはなかった。

「カエデちゃんさー、不満はやめてよ」

頭をさすりながら文句を言う。

「別に不満ではないです。一度も注意したことないでしょ」

「ふーん……ところで、女子は見られていることがわかるってホントなの？」

「エレノアさんも男性の方と話せばわかりますよ。視線が不自然に下に落ちますもん。先輩は特にわかりやすいです」

「へー……」

気を付けよう。カエデちゃんは優しいし、許してくれるだろうけど、危険な女がいる。あの人は金を請求してきそうだ。

「それでダメージはどうです？　まあ、なさそうですけど」

「だねー。普通は竹刀で殴られるとかなり痛いんだけど、ダメージゼロ。防御力強化は他人からの攻撃時に発動するっぽいね。しかも、強力」

「先輩、私にもそのポーションを一つください」

カエデちゃんが手を出してきたので、カバンから強化ポーション（防）を取り出し、カエデちゃんに渡す。すると、カエデちゃんが強化ポーション（防）を一気飲みした。

「チェイサーです！」

「贅沢だねー」

カエデちゃんは空になったペットフラスコをテーブルに置くと、自分で腕をつねったり、頬をぺちんぺちんと叩いたりする。

「わからない……先輩、叩いてください」

「やだ！」

絶対に嫌だわ。なんでカエデちゃんを叩かなあかんねん。

「いや、叩かれないとわからないじゃないですか。ほら、普段の不満と共にどーんと！」

カエデちゃんがそう言って、頭を差し出してきたのでとりあえず、撫でておく。

「うーん、不満ねー……」

カエデちゃんに不満？　ねーよ。

「何かあるでしょ？」

「えー……ないよー。部屋の鍵を閉めるくらい？」

「それは普通です。開けてほしかったら役所に紙を取りに行け」

今度、役所に行こ。

「不満もないし、殴れんなー」

なでなで。

「じゃあ、前職の不満をぶつけてください」

「カエデちゃんがバラバラ死体になっちゃうよ」

「怖っ……撫で方がヘタクソになってきてるし、マジだ……じゃあ、ナナカちゃんへの不満」

そう言われて、撫でるのをやめ、ハリセンを手に取った。

「良いところは全部エレノアさんで、悪いところは沖田君のせいにするのをやめろ！」

カエデちゃんの頭からすぱーんといい音が出た。

「気持ちはわかります」

カエデちゃんが頭をさすりながら頷く。

「チェンジっていう言葉がすげー傷つく」

夜のお店のお姉さん達の気持ちがすごくわかった。

「エレノアさんを慕っているんですよ」

それはわかるが、だからといって沖田君を蔑むなや。差別だ。

「ちなみに、痛かった？」

「全然。すごいですね」

「だよね。カエデちゃん、包丁で俺の腕を切ってみてよ」

「それはさすがに嫌です」

やっぱりそうだわな。この辺を実験したいんだが、難しい。

「これ以上はダメかー。フライパンとかトンカチも考えていたんだけど」

「下手すれば、死んじゃいますよ。他の強化ポーションを作ってみて、推測するしかありませんね。速さと攻撃力アップはわかりやすいでしょ」

確かにそっちで確認した方がいいな。

「そうするわ。あと、カエデちゃんさー、フワフワ草の採取の依頼ってできない？　取りにいくのめんどい」

「できますよ。やっておきましょうか？」

「おねがい。数は問わないから」

効果時間が一時間だし、大量に作っておきたい。

「依頼料はどのくらいにしましょう？」

「相場ってある？」

俺は依頼をしたこともないし、受けたこともないのでそのへんがわからない。

「ないですねー。じゃあ、五百円にしておきましょうか」

「安くない？」

「指名依頼ではないですし、そのくらいで十分ですよ。ウチのギルドは初心者さんが多いですし、冒険のついでに小金稼ぎって感じで持って帰ってくれると思います。草ですし、持ち運びが簡単ですもん」

　ねこじゃらしを二束でも採取したら昼飯代が浮くと考えればいいかもしれんな。

「じゃあ、それでおねがい。エレノアさんと沖田君のどっちの名義にしよう？」

「匿名でできますよ」

「じゃあ、それで。あ、これをあげるからこれで払って」

　カエデちゃんに四千二百五十万円が入ったカバンを渡す。

「先輩、前から思ってたんですけど、私がこのお金を勝手に使うとは思わないんですか？」

「使えばいいじゃん。何のために性別を変えてまで何十億も稼いでると思ってんだよ。全部あげる」

　散財しろ。俺も使いまくるから。問題は使い道が思い浮かばないこと。

「先輩、大好きー！」

　カエデちゃんがそう言って、抱きついてきた。

　かわいい奴め！

「チッ！　エレノアさんになるんじゃなかったわ」

「早く戻ってくださいよ。一緒に飲みましょうよー」

　さっさと着替えてチェイサーを飲むか……

第四章

Chapter 4

強化ポーション（防）の実験を終え、二人でゆっくり飲んだ後も実験をした。レベル１の回復ポーションとレベル２の回復ポーションを混ぜたりすると、どうなるのかとか、色々と試してみた。カエデちゃんにはバカにされたが、これも錬金術の進歩のためである。なお、特に成果という成果はなかった。レベル１の回復ポーションとレベル２の回復ポーションを混ぜたらレベル１の回復ポーションが二個になったし、ＴＳポーションと透明化ポーションを混ぜたらただの水に戻っただけである。

そして、翌日の金曜日。この日はヨシノさんとリンさんと新しい冒険に出かける日だ。

俺はカエデちゃんに起こされ、準備をし、二人でタクシーに乗ってギルドに向かう。

ギルドに着くと、カエデちゃんとは一旦別れ、更衣室で着替える。当然、この日も平日の朝なため、他の冒険者はいなかった。着替え終わると、更衣室を出て、受付にいるカエデちゃんのもとに行く。

「さっきぶりー」

「でーす」

カエデちゃんがかわいい笑顔を見せてくれた。

「今日も五時だったよね？　一緒に帰ろうよ」

「そうしましょう。今日はお鍋にでもしますね。私、得意なんです」

　具材を切って、鍋に投入するだけだもんね。

「寒くなったもんなー」

「ですです。先輩はミレイユ街道でいいですか？」

「だね。ヨシノさんとリンさんと行く」

　両手に華だね。

「わかりました。その二人と一緒なら危険はないと思いますけど、絶対に煽ったり、イキったりしてはダメですよ」

　カエデちゃん、優しいのは良いんだけど、たまにお母さんみたいになるなー。

「大丈夫だよ。リスペクトが大事！」

「よろしい。じゃあ、これが先輩の刀とステータスカードです」

　カエデちゃんがものすごい笑顔で刀とステータスカードを渡してきた。カエデちゃんの笑顔が気になって、ステータスカードを見てみる。

名前　沖田ハジメ
レベル7
ジョブ　剣士
スキル

剣術レベル6
話術レベル1
挑発レベル1
☆錬金術

　挑発……

うん。そら、お母さんみたいになるわ。

「大丈夫。リスペクトが大事！」

「頑張ってください……あ、でも、モンスターに挑発すると、ヘイトを稼げますんで有効に使ってください」

　ヘイトを稼ぐ？

「どうやってモンスターを挑発するの？」

「適当に何かを言えばいいです。『かかってこい！』でも『ざーこ、ざーこ』でもいいです」

　ざーこ、ざーこって……エレノアさんが言えばいいの？　あの人、二十六歳よ？　キツいって……

「まあ、やってみるわ」

　ざーこ、ざーこはともかく、ナナポンがいるから使えそうなスキルではある。

「頑張ってください」

「わかった。じゃあ、行ってくる」

ステータスカードをしまい、刀を持つと、カエデちゃんに手を振りながらゲートに向かう。ミレイユ街道を念じながらゲートをくぐった。

ゲートをくぐった先は草原や川、木々が見える平地だった。そして、ゲートの先には石でできた一本の道がある。ここがミレイユ街道と呼ばれるエリアである。ミレイユ街道はその名の通り、道ではあるが、この道をずっと行けるわけではない。途中で立ち入り禁止の看板があり、そこから先は行くことができないのだ。

街道と言うくらいだからそのまま行けば、フロンティア人が住む街があるのかもしれない。だが、それを確かめるすべはない。ここだけでなく、どこのエリアも探索できる範囲は決まっており、それ以上は進めないという立ち入り禁止の看板がある。そして、そこには自衛隊の警備員もいる。もし、そこを無理に進もうとした場合、拘束で済めば良い方である。噂によると、自衛隊員が普通に攻撃してくるらしい。だから冒険者は皆、そこまで行くことはない。まあ、行く意味もない。

ゲート前にいる冒険者達を見渡す。冒険者達はあきらかにこれまでに見てきたエデンの森やクーナー遺跡にいた冒険者達とは異なっている。

まず、皆、装備もきちんとしていた。エデンの森やクーナー遺跡ではジャージや運動着しか着ていない人もいたが、ここでそんな服を着た人はいない。しかも、数人で集まっており、ソロはいない。はっきり言って、ソロの俺は間違えて来た人にしか見えないかもしれない。

　誰もいない場所に行き、ヨシノさんとリンさんを待つことにする。しばらく待っていると、ゲートから黒髪の女性が現れた。もちろん、リンさんである。しかし、リンさんしかおらず、ヨシノさんの姿が見えない。

　周囲を見渡しているリンさんを見ていると、目が合い、まっすぐ俺のもとにやってくる。

「やあ、おはよう」

　リンさんが明るく手を挙げて挨拶してきた。

「おはようございます！　本日はよろしくお願いいたします！」

　ビシッと斜め四十五度で頭を下げる。

「沖田君、まだそれでいくのか？」

　リンさんの声色から呆れているのがわかった。

「実は散々、イキるなって言われましてねー。しかも、さっき、ステータスカードを見たら挑発のスキルが出ていました。これはマズいと思いまして」

「普通にすればいいだろ。っていうか、同い年なんでしょ？　敬語はやめてよ」

　この人も二十六歳か……

「そうかなー？　じゃあ、タメ口で……あ、イキったり、煽ってたら言って。カエデちゃんに嫌われちゃうし」

「別にいいと思うけどね。他の冒険者もたいして変わんないし、カエデにイキってるわけじゃないんでしょ？」

「そらね」

カエデちゃんは優しいもん。というか、後輩女子にイキらんわ。

「じゃあ、いいじゃん。私らはさー、ランクっていう格付けで一喜一憂するんだもん。似たようなもんだし、煽ったりもするよ、Dランク」

Bランクがマウントをとってきた。

「これがCランクならイラっとするかもだけど、Bランクだとそんなだなー……」

まだ先すぎてピンと来ない。

「まあ、そうだろうね。あ、Dランクおめでとう」

「ありがと。それでヨシノさんは？」

「もうちょっとしたら来るよ。あいつ、準備が遅いんだ」

ふーん……まあ、女子は時間がかかるかもね。俺も沖田君とエレノアさんではエレノアさんの方が時間がかかる。

「リンさんも剣なんだな」

リンさんの腰にはヨシノさんと同様にショートソードが見える。

「まあね。あ、私も一応、魔法が使えるよ」

いいなー……

「ヨシノさんもだったけど、刀は使わないの？　剣術をやってたってことはこっちじゃないん？」

手に持っている刀を見せる。

「あー……それね。私らも最初は刀だったけど、途中からやめた。ショートソードやロングソードの方が品質の良いものが多いんだよ」

俺の刀は五十万だが、お店に売っている刀は高いのでは五百万くらいのもあった。だが、逆を言うと、ヨシノさんの億クラスがないのか……

「リンさんのショートソードも億？」

「いや、私は三千万円」

高いなー……

「なんか良いことあるの？　切れ味？」

「切れ味もいいね。それに軽いし、この剣は二、三メートルなら伸ばせる」

何だそれ!?

「剣が伸びるの？」

「そうそう。すごいだろ？」

「確かにすごい！　さすがは三千万円！」

「まあ、あんたも徐々に稼いで良い剣を買いな」

うーん、もう買えるな。でも、エアハンマーが使えるマジックワンドも持ってるしなー。

「考えておきます」

「色々と見てみるといいよ。目移りするけどね」

俺達が話をしていると、ゲートからヨシノさんが出てきた。

「あ、ヨシノさんだ」

「ようやく来たか……」

リンさんがやれやれといった感じで首を振っていると、ヨシノさんが俺達のもとに走ってやってくる。

「悪い。遅れた」

ヨシノさんがそう言って謝ってくるが、まだ約束の時間である九時にはなっていない。

「いや、大丈夫だよ」

「まだ時間じゃないしね」

俺とリンさんは気にしてないように手を横に振る。

「ごめん、ごめん。ところで、何を話していたんだい？」

「沖田君がイキりすぎて挑発のスキルを手に入れたって話」

いや、確かにその話もしたけど、他にもあっただろ。

「やっぱり？　レベルは？　6？」

こいつ、地味に剣術レベルのことを根に持ってやがるな……

「やっぱりってどういう意味？」

「だって君、めっちゃ挑発してくるじゃん」

してないもん……

「まあまあ。それよりも確認をしよう。冒険を始める前に決めておくけど、まずは大事な報酬のこと。沖田君はどう分けたい？」

　俺達の間に入ってきたリンさんがパーティーを組む際に最も大事なことを聞いてきた。パーティーで一番揉めやすいのは報酬の分配なのだ。

「どういう分け方がオーソドックスなんです？」

「まずは等分。単純に人数分で割る。簡単だけど、功績で揉めやすい」

　これはわかる。極端な話、何もしなくても三分の一がもらえてしまうため、頑張った人は不満に思うだろう。

「それはやめとくわ。あなた方と俺とではキャリアが違うし、俺はどちらかというとお客様だもん」

　実力云々以前に今日は初めて来るエリアに連れてきてもらっている立場だ。むしろ、金を払う立場だし、等分はない。

「じゃあ、ラストアタック制にしよう。単純に倒した人の物」

　これで揉めやすいのは以前の高校生連中にいちゃもんをつけられたハイエナがある。ＨＰ１００の敵を一生懸命ＨＰ１にまでしたのに、それまで何もしていなかった奴がトドメを刺せば、報酬がそいつのものになってしまう。

「それでいいの？」

「まあ、少なくとも、私達はほとんど一撃で倒せるしね。ここは大型のモンスターは出てこないし」

　一撃か……だったらラストアタック制がいいかもしれない。実際にエレノアさんがナナポンとやっている時もラストアタック制を採用している。スケルトン、よえーし。

「じゃあ、それでお願い。ここのモンスターの強さがよくわからんし、それでいい」

ぶっちゃけ、今日は偵察である。俺のメインの活動はナナポンとだから今日はナナポンでもいけそうかどうかのチェックでしかない。

「わかった。連携は……全員、剣士だね」

リンさんが俺とヨシノさんを交互に見る。

「リンさんもヨシノさんも魔法を使えるんでしょ？」

「使えるがほとんど使わない。ここだとグレートイーグルに使うくらいだ」

あくまでメインウェポンは剣ってことか。

「交代でやればいいんじゃない？　見ている二人がグレートイーグルを含めたモンスターの奇襲を警戒すればいい」

ヨシノさんが提案してくる。

「俺もそれでいい。無理そうなら助けを呼ぶわ」

「じゃあ、そうしよう。まずは言い出しっぺの私が先にやるよ」

最初はヨシノさんがやってくれるらしい。

「お願いします」

本日の冒険のあれこれを決めた俺達は冒険を始めることにし、ヨシノさんを先頭に街道を歩き始めた。街道は石張りの道で歩きやすいし、天気も良く、暖かくて気持ちがいい。

強化ポーションのためにその辺に生えている草を調べたいなーと思いつつもさすがにそれはできないため、ヨシノさんの後ろ姿を眺めながら歩いている。

「リンさん、そういえばだけど、他のメンバーはどうしたの？　確か、サツキさんの元パーティーメンバーがいるんだよな？」

二人しかいないことが気になっていたため、聞いてみる。

「私達だけじゃ不満か？　もっと女が欲しいと？」

そんなハーレムは求めていない。

「いや、この前の新人指導も二人だったし、どうしてんだろって」

「私らはそんなにパーティー単位で活動しないんだ。正式なパーティーメンバーは全員で七人いるけど、多いんだよ」

「確かに七人は多いね」

報酬を七等分にしないといけないと考えると、儲からない。

「もっと言えば、あんたみたいな正式メンバーじゃないのが二十人以上いる。私達はそういう人達とバラバラに組むんだよ。誰かが適当に募集かけて、行きたい奴が行くって感じ。ぶっちゃけ、正式メンバー全員で冒険に行ったのって一年以上前になるね」

大丈夫か、それ？

「仲が悪いの？」

「いや、私もヨシノも二十六歳になった。他の人達も三十歳前後。十分、ベテランなんだよ。中には結婚した人もいるし、もう一生懸命、冒険をするって歳じゃないんだ。たまに後輩と行って、先輩風をふかすって感じ」

「なんか部活とかサークルみたいだ」

「実際、そんな感じだね。一応、リーダーはヨシノだけど、特に指示もせずに好き勝手やってる。ヨシノはソロが多いしね」

　そういえば、俺もヨシノさんはソロの活動が多いって聞いたな。実際、俺と会った時も一人だった。

「思ったより緩いんだなー……」

「まあね。だからあんたもそこまで気を張らなくてもいいよ。同級生だし、適当にやろうよ」

　同級生がベテランかー……

　こう言われると、俺って本当に遅いルーキーなんだな。

「リンさんは辞め時を考えてる？」

「私はもうちょっとやるかな。三十歳くらい？」

　お！　俺と一緒だ。

「三十歳で辞めるんだ？」

「子供が欲しいしな」

　俺も欲しい！　一緒！

「彼氏いんの？」

「旦那がいる」

……既婚者だったようだ。一緒じゃなかったわ。

「え？　マジ？　結婚してんの？　旦那さんがよく許可を出したね」

普通、こんな危ない仕事は反対しそうなもんだ。

「そういう条件でプロポーズをオーケーしたからな」

へー……

「それにしても、もう結婚してんのかー。大人だなー」

「二十六歳だぞ。別に早くもないだろ」

まあ、ちらほら結婚しだす年齢かね？

「言われてみればそうだわ」

「だろ？　あ、だから私は夕方以降と土日は付き合わないからな」

旦那さんがいればそうなるか。

「俺もカエデちゃんが休みの日と夕方以降は行かない。カエデちゃんの夜勤があれば行くかもだけど」

「カエデのストーカーみたいだな……」

せめて、バカップルって言え！

「ハァ……後ろの二人が私の士気を下げてくる」

前にいるヨシノさんがため息をついた。

「ヨシノさんには十代のアイドルの子がいるでしょ。中学生だっけ？」

「大物司会者の愛人だろ」

俺とリンさんはヨシノさんを慰める。

「全部、嘘に決まってるでしょ……私はＶｔｕｂｅｒ命だから」

そこも従姉と一緒かい……

俺達が適当に話しながら歩いていると、ふと、街道から左に逸れた平原に黒い塊が見えてきた。

よく見ると、犬っぽい。

「あれがハイウルフと見た」

立ち止まり、犬がいる方向を指差す。

「正解。ヨシノ、一匹だよ」

リンさんも立ち止まり、ヨシノさんに声をかけた。

「わかっている」

ヨシノさんは腰から剣を抜くと、構える。

しばらく待っていると、ハイウルフがかなり接近してきた。ハイウルフは大型犬くらいの大きさであり、ヨシノさんに向かって駆け寄ってきている。もちろん、撫でてほしいわけではない。その証拠にハイウルフの目は殺気を帯びており、鋭い牙を見せながら全力疾走をしていた。ハイウルフのはっはっという荒い息遣いが聞こえる程度まで近づいてくると、地面を蹴り、ヨシノさんに向かって飛び上がる。ヨシノさんは特に動揺することもなく、横に身体を動かし、ハイウルフの飛びかかりを躱しながら剣を上段に構えた。そして、隙だらけのハイウルフの胴体に向けて、剣を振り下ろす。

「――ギャン！」

ハイウルフは鳴き声を発しながら胴体を斬られ、煙となって消えていった。

「こんな感じだよ」

ヨシノさんはハイウルフがドロップした二十センチくらいの白い牙らしきものを拾いながら言ってくる。

「あんま強くないね。エデンの森のウルフが大きくなっただけって感じ」

「実際、そんなもんだよ。ただ噛みつかれたら本当に危ないから注意だね。君、軽装だし」

「ちゃんとギルドで買ったやつですよ。それにインナースーツも着てます」

「じゃあ、大丈夫。腕を食いちぎられることはないと思う。ケガする程度」

ケガする程度と言うが、重傷だろ。まあ、回復ポーションがあるから大丈夫だとは思うけど、痛そうだ。少なくとも、ナナポンは泣くな。

「そのドロップアイテムはいくら？」

「八千円くらいだったかな？　ちょっと覚えてない」

Aランクはこの辺の素材の値段に興味がないようだ。もっと稼いでいるだろうしなー。

「スケルトンよりかは強いし、そんなもんか……」

「ハイウルフは基本的には一匹だけ出る。でも、夜になると、群れていることがあるから注意ね」

あれが群れでいるのか……ナナポンのことを考えると、夜は無理だわ。せめて、もう一人、ナナポンを守れる人材がいればいいけど、俺一人ではナナポンを守りながら群れのハイウルフは対処できない。

「夜は無理かな」

「それがいいと思うよ。夜は暗いし、危ないからね」

カエデちゃんが夜勤の時もやめた方が良さそうだ。と言っても、一緒に住み始めて、カエデちゃんが夜勤だったことはない。

「そうします」

「うんうん。それでどうする？　次は君がやるかい？　それともリンに任せる？」

うーん……別にやってもいいけど……

「リンさん、先にお願いしてもいい？　見てるだけでも勉強になるわ」

やっぱりネットで調べるよりも実際に教えてもらった方が良い。俺一人なら問題ないけど、後衛のナナポンのことを考えると、色々と教わっておきたい。

「いいよ。じゃあ、次は私」

リンさんは快く承知してくれると、ヨシノさんが下がり、代わりに前に出た。

「リンが剣を振るのを見るのは初めてだよね？」

隣に来たヨシノさんが聞いてくる。

「そうだな。Ｂランクかー。強そう」

「まあ、強いよ。あまり活動してないからBランクなだけだし」

この言い方だと、実力はAランク級ってことだ。

「人妻剣士だもんね」

「その呼び名は止めようよ……」

しゃーない。事実だもん。イキリ剣士、おっぱい剣士、人妻剣士……いやー、すげー弱そう。

人妻剣士ことリンさんが前に出ると、俺達は再度、街道を歩き始めた。

「あんまりモンスターが出ないんだな」

俺達がゲートから街道を歩いてきて、十五分程度経っているが、遭遇したモンスターはいまだにハイウルフ一匹だけだ。

「街道沿いはそんなもんだよ。街道から逸れたらいっぱいポップするよ。今日は沖田君が初めてだし、三人だからね。まったりやる予定」

気を使ってくれたわけだ。良い人だなー。

「ありがとうございます」

お礼を言い、隣のヨシノさんにぺこりと会釈をする。

「うん。あのさ、ちょっと苦言を言ってもいいかい？」

「苦言？」

何だろ？

「君、警戒してる？」

「してますよ」

「そう？　ちゃんと上も見てる？　君、さっきの頭を下げた時もだけど、どこ見てるんだい？」

……だって、魅了の魔法が。

「気を付けまーす」

なるべく、ヨシノさんの方を見ないようにし、上を見上げた。上を見ると、雲一つない青空が広がっており、とても穏やかな気持ちになる。すると、青空の中に急に黒い物が現れた。

「あ、出た」

空を見上げながら言う。

「んー？　あ、ホントだ」

ヨシノさんも見つけたようだ。

「あれがグレートイーグル？」

「だね。リンー」

ヨシノさんがリンさんに声をかける。

「わかってるよー……こっちこーい！」

リンさんが空を飛んでいる鳥に向かって叫んだ。

「何あれ？」

「君も持っている挑発。ヘイトを買ったわけだ」

へー……リンさんも持ってるんだな。やっぱりイキってるんだ。なんとなくそんな気はした。

「あんなんでいいの？」

「いいよ。別にモンスターが言葉を理解してるわけじゃないと思うけど、そういうもん」

「ふーん、ヨシノさんも持ってるでしょ」

「……持ってる」

やっぱりね。しかし、『ざーこ、ざーこ』じゃないんだなー。まあ、同い年で人妻のリンさんが言ったらちょっと引くけど。

「レベルは？」

「２……でも、リンは３だね」

「あんたら、うるさい！」

挑発レベルをバラされたリンさんが怒った。どうやら挑発のスキルってイキリレベルみたいだわ。頑張って、１で止めておこう。

心の中で決心をしていると、さっきまでは黒い点だったグレートイーグルがかなり近づいてきていた。

「大きいなー」

グレートイーグルは羽を広げているが、サイズはゆうに二メートル以上はある。マジででっかい鳥だ。

「たまに上空に連れ去られることもあるから注意ね。特に軽装の女子」

「男子で良かったー」

「男子の場合はあのするどいくちばしで脳天を刺してくる」

そっちの方が嫌だわ。

「女子が良かったー」

やっぱりこのエリアはエレノアさんだな。

「まあ、気を付けてさえいれば問題ない。あと、夜は出ないから安心」

鳥目だもんね。でも、もし、夜に出てきたら脅威度がヤバいわ。夜の空とか見えねーもん。

ヨシノさんから情報を仕入れていると、グレートイーグルがリンさんに向かって滑空しだした。

リンさんはそれを迎撃するために剣を構える。

グレートイーグルが滑空し、リンさんをくちばしで突こうとした瞬間、リンさんが三千万円のショートソードを振った。しかし、グレートイーグルはリンさんが剣を振る前に攻撃を止め、上空へと上がっていく。そのため、リンさんの剣は空振りに終わった。

あれ？　剣を伸ばさないの？

てっきり、剣を伸ばして、斬るのかと思ったが、リンさんはそれを選ばなかった。だが、リンさんはすぐに後ろを見せながら上空に逃れようとしているグレートイーグルに向かって手をかざす。

「アイスニードル！」

リンさんが魔法名を言うと、手のひらから一メートル近い氷の槍が現れ、グレートイーグルの背後を襲った。グレートイーグルは後ろから迫って来る氷の槍にまったく気付いていなかったため、リンさんが放った氷の槍はグレートイーグルにあっさりと突き刺さる。グレートイーグルが地面に落ちると、少し、羽をバタバタさせていたが、すぐに動けなくなり、煙となって消えていった。その場には青色の液体が入ったフラスコが残された。

「もしかして、ポーション？」

見覚えのあるフラスコを指差し、ヨシノさんに聞く。

「多分、そうだね。あれはレベル１の回復ポーションだろう。普通は羽根をドロップするんだけど、リンは運が良かったようだね」

ということは、リンさんはすでに五十万円を稼いだわけだ。すごいな。

リンさんは剣を鞘に納め、ドロップした回復ポーションを拾って俺達の下に戻ってくる。

「今日はツイてるわ。いきなり回復ポーションが出た」

リンさんが俺達にポーションを見せびらかすように自慢してきた。

「すごいなー。売るの？」

感心したように頷き、尋ねる。

「いや、回復ポーションは売らない。大事なものだからね」

それもそうだわ。簡単に売るという選択をするのはエレノアさんくらいかね？　しかし、何気に回復ポーションが本当にドロップするのを見るのは初めてだ。

「確かにそうだな……あ、あとさ、なんで剣を伸ばさなかったの？　確か、二、三メートルは伸びるんでしょ？　だったらあの鳥が避けた時に伸ばせばよかったじゃん」

グレートイーグルはリンさんの剣をギリギリ避けていた。剣を伸ばせば間違いなく、当たっていただろう。

「さっきのはあんたにグレートイーグルの倒し方を見せたんだよ。グレートイーグルはこちらが構えていると、ああやって上空に逃げようとする。でも、逃げてる時は背を向けてて、隙だらけだから背後を魔法か何かで攻撃すれば楽。それがグレートイーグルを倒すセオリーなんだよ」

この人、多少、口が悪いけど、ホントに良い人だなー。わざわざ実践して教えてくれたらしい。

「ありがとうございます」

「あんたが一人でここに来る場合はマジックワンドでも弓でも何でもいいから遠距離攻撃ができる武器を用意することだね」

俺というか、エレノアさんにはナナポンがいるから大丈夫だな。それにエアハンマーが使えるマジックワンドもある。

「わかった。用意しておく」

一人で来る時はマジックワンドでいいや。

「一応、さっきのハイウルフとこのグレートイーグルがここの主要モンスターだよ。あと、たまにゴブリンとか色々出るけど、強くないから問題ない。それでどうする？　次は沖田君がやるかい？」

ヨシノさんが聞いてくる。

「そうだなー。丁寧に教えてもらったし、やってみるわ」

ミレイユ街道の冒険のやり方はだいたいわかった。それにしても、この人達、新人指導をやってるだけあって教え方が上手いわ。実際にやってみせて、注意すべきポイントを解説する。とてもわかりやすい。正直、ナナポンも連れてきたかったわ。

「じゃあ、私達は後ろにいるからよろしく。君は大丈夫だと思うけど、何かあったら言って」

ヨシノさんが俺の肩をポンと叩いた。

「お願いします」

ヨシノさんに向かって頭を下げる。

「謙虚だなー。もっとイキれよ。早くレベル4になれ」

リンさんが言うレベル4とはもちろん、挑発レベルのことだ。

「そんなことより、沖田君さ、もう頭を下げなくていいよ……」

ヨシノさんが呆れたように言ってきた。チラッと見たのがバレたようだ。ごめんなさい。

ヨシノさん、リンさんがそれぞれハイウルフ、グレートイーグルを倒してレクチャーしてくれたので、今度は俺がやってみることになった。

俺が前に出て、ヨシノさんとリンさんが後ろを歩いている形だが、後ろの二人がまったくしゃべらないため、静かだ。俺が後ろにいた時はそれぞれよくしゃべってくれたのだが、今は本当にしゃべらない。

「あのー、御二人って仲が悪いの？」

誰もしゃべらない状況が気まずくて、振り向き、聞いてみる。

「なんで？」

「普通だよ。昔からの仲だしね」

じゃあ、何かしゃべれや。

「なんで黙ってんの？」

「邪魔かと思って」

「集中させてあげようと思って」

どうやら俺への配慮だったらしい。

「いや、普通にしゃべってよ。しーんとすると、逆に気になるじゃん」

後ろからめちゃくちゃ見られてる気になってしまう。美人さん二人に見られていると思うと少し緊張する。何しろ、俺の人生にそんなイベントはなかったし。

「そうか？」

リンさんがヨシノさんに聞く。

「この子はそうかもね。この前、二人でクーナー遺跡を冒険した時もしゃべってた」

まあ、確かにしゃべってた。だって、午前中、寂しかったんだもん。

「ふーん、まあ、そういう子もいるか。じゃあ、カエデと付き合ってないってどういうこと？

意味わかんないんだけど」

それ？　他に話題ないの？

「えーっと、話せば長くなるんだけど……って、あ、ハイウルフだ」

リンさんに答えようとしたら平原の向こうからハイウルフが走ってきていた。

「ホントだね」

「任せるよ」

「うん。おーい！　こっちこーい！」

ヘイトを買うためにウルフに向かって叫ぶ。

「いや、あれは最初から君狙いだね」

やっぱり？　一応、挑発のスキルを使ってみたけど、ウルフの動きに変化ないもんね。

「まあ、いいや。あ、付き合ってないっていうのはマジだね。でも、俺の中ではもうしてる」

鞘から刀を抜き、さっきの質問に答えた。

「ますます意味がわからないんだけど？　というか、答えなくてもいいからハイウルフに集中しろよ……」

「ただの雑魚やんけ」

「いいぞ！　その調子だ！」

くっ！　挑発レベルが上がってしまう！

「めっちゃ強そうな狼君、かかってこい！」

そう言って、正眼に構える。

「逆に煽ってない？」

「いいぞ！　沖田君！」

しゃべるのやめよ……

構えたまま、走ってくるハイウルフを静かに待つ。

「沖田君、君の上にグレートイーグルが出てきたよ。どうする？」

ヨシノさんに言われたため、ハイウルフから目線を切り、上を見てみた。確かにさっき見たグレートイーグルが空を飛んでおり、明らかに俺を狙っていた。

「同時か……俺、何かしたかな……？　まあいいや。どっちもやる」

運がないなーと思いながらも同時に来るのは経験値稼ぎという意味ではラッキーだと思い、二人の介入を止めた。

俺は上を旋回しながら飛び回っているグレートイーグルを警戒する。

「――沖田君！」

「わかってるから」

グレートイーグルを警戒するのをやめ、前に踏み込んだ。目の前にはハイウルフが飛びかかっているのが見える。刀を横にし、ハイウルフの鋭い牙が見える口に向かって、刀を振る。そして、そのまま滑らせていくと、ハイウルフの口が裂け、真っ二つになった。

「沖田君、上！」

「だからわかってるから」

ハイウルフが煙となって消えているのを横目に上を見る。すると、すぐ上にはくちばしを前に出し、俺の脳天を突こうとしているグレートイーグルがいた。刀を構えずにそのまま刀を上に投げる。グレートイーグルは方向転換しようとする動きを見せたが、それよりも俺の刀が身体に突き刺さる方が早かった。刀が刺さったことを確認すると、後ろにステップし、落ちてくるグレートイーグルを避ける。すると、グレートイーグルは刀が刺さったまま、地面に落ち、うごめく。だが、すぐに力尽き、煙となって消えていった。

ハイウルフとグレートイーグルのドロップ品を確認したが、残念ながら牙と羽根だった。

「ポーションは出なかったか……」

今のハイウルフ、グレートイーグルが同時に襲ってきたことといい、もし、運の良さというパラメーターがあったら俺は低いだろう。

「おつかれ」

「ハイウルフとグレートイーグルが同時に来るなんてツイてないなー」

ヨシノさんは優しくねぎらってくれ、リンさんはご機嫌に笑う。

「今日はリンさんに運を吸い取られた気がする」

牙と羽根を拾うと、カバンに入れる。さすがにこのサイズなら普通のカバンに入るから問題ないのだ。

「まあ、そういうこともあるよ。次に行こう」

「また回復ポーションが出る気がするわ」

「俺は出る気がしない」

俺達はその後も交代をしながらモンスターを倒し、街道を進んでいく。すると、街道の横に看板が立ててあるのが見えた。気になったので看板に近づき、読んでみる。

【この先　一キロ先　立入禁止】

シンプルにこう書いてあった。

「もしかして、この先が禁止エリア？」

ヨシノさんに聞いてみる。

「そうだね。だから念のため、ここまでになる。この先は自衛隊がうようよしているし、変に怪しまれると、取り調べを受けるよ」

「噂では男女問わず、身ぐるみをはがされて調べられるんだってさ」

怖いなー。でも、そのくらいはやるか……もし、勝手に侵入されれば、ゲートを閉じられる可能性もあるんだし。

「そりゃ、この先は怖くて行けんな」

「そうだね。だからここで引き返す。まあ、いい時間だし、昼食にしようか」

ヨシノさんがこんな怖い所での昼食を提案してきた。

「ここで？」

「逆に安心なんだよ。ガラの悪い奴もここでは絡んでこないし、自衛隊連中も昼時に飯を食ってるくらいだったらスルーだ」

リンさんが説明してくれる。

「じゃあ、ここで食べよう」

正直、腹減ったわ。

俺達は街道から少し逸れた平原にシートを敷き、座った。シートはリンさんが持ってきたものだ。

俺達はシートに座り、それぞれ昼食を食べ始める。カエデちゃんが持たしてくれた丸いおにぎりで、ヨシノさんはコンビニのパンだった。そして、人妻さんはお弁当を持ってきていた。

「リンさんが作ったの？」

「そうだよ。どうせ旦那の分も作るしね。あんたは……自分で握ったの？」

リンさんが箸で俺の丸いおにぎりを指してくる。

「うんにゃ。愛妻弁当」

ぶっちゃけ、俺はおにぎりを三角に握れたりする。

「そう……」

リンさんがそっと目を逸らした。

「ちょっと聞きたいんだけどさ、自衛隊って強いん？」

おにぎりを食べながら聞く。

「強いよ。個々の力もだけど、軍隊だけあって、連携とかがすごい」

「自衛隊連中はフロンティアで訓練してるしねー。まあ、ちょっと怖いけど、安心だな」

やっぱり強いんだ。あんまりケンカを売らないようにしよ。

俺達はピクニック気分で昼ごはんを食べ、少し休憩して、冒険を再開する。

午後からはヨシノさんの提案で来た道を引き返すことになった。帰り道では少し街道を逸れたりしながらも三人でローテーションを組みながらモンスターを倒していく。そして、ゲート前に戻ってきた時は時刻が四時半だった。

　ゲート前には朝よりも多くの冒険者達がたむろしている。そいつらはチラッと俺というかヨシノさんを見たが、すぐに視線を戻し、仲間達と話し始めた。

「これがここでやる場合の冒険のやり方だね。半日だったらもうちょっと手前で引き返す感じ」

　ゲート前に着くと、ヨシノさんが説明してくれる。四時半に帰ってくるあたり、ちゃんと調整してくれたようだ。

「なるほどー。いい感じの時間だね」

「何度も来てるしね」

「最初は夜になったり、三時とかの中途半端だったよな」

　今日一日の流れが何回も冒険をして確立した進め方なわけか。それを教えてくれるんだから本当に親切だわ。絶対に金を取れると思う。もし、払えって言われたら払うもん。

「今日はありがとうございました。勉強になりました」

「いえいえ。これぐらいは普通にやるよ」

「あー、そろそろ帰ろうよ。私、スーパーに寄らなきゃだし」

　リンさんは晩御飯を作らないといけないらしい。

「では、解散しようか。沖田君、今度はいつにする？」

今度か……

「またここに来るの？　俺は当分、ここでやるけど、ヨシノさんはレベルが低いんじゃない？」

「どこに来ても儲かるは儲かるからねー。今日だって、十万以上は儲けてる。十分だよ」

十万……俺もそのぐらいを儲けたわけか。すごいな。

「じゃあ、空いてたらまたお願いします。連絡しますんで」

「わかった。待ってるよ。じゃあ、私達は先に帰るから。君も早く帰りなよ。じゃあね」

ヨシノさんとリンさんがゲートに向かって歩き出す。

「おつかれー」

「はい、お疲れ様」

「おつかれさん」

二人がゲートをくぐり、帰還するのを見送ると、カバンからステータスカードを取り出し、見てみる。

名前　沖田ハジメ
レベル８
ジョブ　剣士
スキル
　剣術レベル６

話術レベル1
挑発レベル1
☆錬金術

レベル8
回復ポーションレベル1、性転換ポーション
眠り薬、純水
翻訳ポーション、アイテム袋
透明化ポーション、鑑定メガネ、鑑定コンタクト
回復ポーションレベル2、強化ポーション（力）
強化ポーション（速）、強化ポーション（防）
オートマップ

さすがは中級エリアだ。一日でレベルが上がった。これでナナポンに追いついたわけだ。そして、新しいレシピはオートマップ。どういうものかというと、歩いたところが自動で地図になる不思議な紙を作れるようになるらしい。

うん、いらね。だって、フロンティアには自衛隊の人が測量した地図があるもん。もちろん、地球にも地図はある。ハズレだったな……まあ、こういうこともあるだろう。次に期待！

◆◇◆

私達はゲートをくぐると、新宿ギルドに戻ってきた。

「リン、沖田君をどう思った？」

「強いね。ハイウルフもグレートイーグルも瞬殺じゃん。さっさとBランクにすればいいのに」

確かに少なく見積もってもBランクの実力はあるだろう。

「ランクはカエデが止めているんでしょ。沖田君は少し調子に乗るところがあるし、まずは経験を積ませているって感じじゃないかな」

「彼氏を心配してる感じか？　まあ、私らもだけど、最初から武術の覚えがある奴はそういう傾向にあるしね」

いや、私はそこまで調子に乗っていなかった。リンは調子に乗りまくってたけど。

「他に気になることは？」

「ステータスカードを出さなかった」

リンも気付いたか……

「だよね」

私やリンがステータスカードを出すことはない。

見られるとマズいし、何より、ミレイユ街道でレベルが上がることなんてないからだ。

だが、沖田君は違う。彼はレベル7だ。レベル7がミレイユ街道でモンスターを倒していれば、レベルはすぐに上がる。多分、レベル10くらいならすぐだろう。でも、彼は今日一日、昼休みですらステータスカードを出さず、レベルを一切、確認しなかった。普通はする。特にルーキーはこちらが注意するくらいにステータスカードを見るものだ。それこそ、戦闘が終わるたびにする。

「見られたくなかったってことか？」

「多分ね。でも、彼、普通にスキルを言ってるよね？」

「剣術を自慢し、挑発を危惧していたな」

そう、ステータスカードを出さないのは秘密主義なのかとも思えるが、そうなると、スキルを口に出すのはおかしい。

「サツキ姉さんかカエデが止めた？」

「そう考えるのが普通だね。ということはユニークスキル持ちの可能性が高いな」

あの強さはユニークスキルに関係したものなんだろうか？　それとも、別か……エレノア・オーシャンに沖田君……同時期にあの不人気ギルドに現れた二人。偶然か？　やはりあれを使って調べるか……

「リン、明日以降も付き合ってくれない？」

「悪いけど、明日は旦那が動物園に連れていってくれる」

少しだけ……ほんの少しだけ、イラッとした。

◆◇◆

俺はギルドに戻り、カエデちゃんのもとに向かった。

「ただいまー」

「おかえりなさい。どうでした？」

カエデちゃんはいつもの笑顔で今日の成果を聞いてくる。

「あの人ら、教えるのが上手いわ。おかげさまで楽勝」

カバンを受付に置いた。

「さすがですねー。あ、精算してきます。私ももうあがりなんで一緒に帰りましょう」

「だねー」

カエデちゃんに武器とステータスカードを渡すと、立ち上がり、奥へと行ってしまった。しばらく待っていると、カエデちゃんが戻ってきて、精算書をくれたのでそれを受け取り、更衣室に向かう。更衣室にはこれから冒険に行く人が数人いたが、シャワーは空いていたので、シャワーを浴び、服を着替えた。服を着替え終え、ロビーに戻ったが、受付にはすでにカエデちゃんがいなかったため、外に出て、カエデちゃんを待つ。そこからしばらく待っていると、服を着替えたカエデちゃんがやってきた。

「おまたせしましたー。待ちました？」

「全然」

実はちょっと寒かった。

「うーん、待たすのも悪いし、やっぱり制服で出勤しようかな？」

「いや、私服がいいと思うよ。かわいいもん」

「えへへ、そうですー？」

「そうそう」

「じゃあ、そうしまーす！」

カエデちゃんは嬉しそうに腕を組んでくる。単純な子だよ。

俺達は駅まで腕を組んで歩き、タクシーで自宅近くのスーパーに向かった。そこで買い物をし、歩いて家に戻る。

「先輩、すぐ用意しますんで待っててください」

今日はカエデちゃんが鍋を作ってくれるのだ。

「了解……って、電話だ」

スマホの着信音が鳴ったのだが、沖田君用ではなく、ソファーに投げてあったエレノアさんのやつだ。

「ということはナナポンかな？」

ソファーにあるスマホを手に取り、電話の相手を確認する。スマホの画面には予想通り、ナナカさんと表示されていた。

「やっぱりナナポンだわ。あいつ、いつもいいタイミングでかけてくるな」

「…………」

着信ボタンを押し、スピーカーセードにして電話に出る。

「もしもーし」

『チェンジ』

　このガキ……！

「俺は今から飯なの。エレノアさんがよかったら後で電話しろ」

『あ、これからご飯でしたか……すみません』

　ナナポンが謝ってきた。基本的にはちゃんとした子なのだ。

「そうそう。鍋にするんだ」

『おー！　いいですねー。最近はめっきり寒くなりましたし』

　ホント、ホント。

「お前も来るかー？」

『いいんです？　お邪魔なような……』

　ナナポンが遠慮してきた。

「カエデちゃん、いいよね？」

　テーブルの上に鍋やコンロを置いているカエデちゃんに確認する。

「せっかくだし、一緒に食べましょう。具材、買いすぎたし」

「だってさー。あれも食べたい、これも食べたいってなったら具材が余りそうなんだよ。どうせ、一人でコンビニ弁当を食べるんだろ？　来いって」

『じゃあ、お邪魔します……あ、エレノアさんで』

まあ、そうなるだろうよ。

「はいはい。お前、今どこよ？　家？」

『いえ、ちょうどたまたま練馬にいますね』

へー。ちょうどいいな。

「……やっぱりね」

カエデちゃんがボソッとつぶやく。

「んー？　まあいいや。じゃあ、来い」

『わかりました。じゃあ、黒ローブじゃなくて、私服でお願いします』

注文が多いな、こいつ……

「なんで俺が私服を買ったことを知ってんの？」

『ご自分で言ってましたよー』

言ったっけ？　言ってないような気がするんだが……まあ、いいか。

「私服を着ればいいんだな。めんどくさいやっちゃ」

『お鍋に黒ローブは合いませんから』

どれも一緒じゃね？

「ふーん、わかったー」

あまりファッションのことは突っ込めない。ダサいと思われたら嫌だし。

『では、すぐに行きます！』

「はいはい」

返事をし、電話を切った。

「カエデちゃん、悪いけど、ナナポンの分も準備して。俺はワガママ女のせいでエレノアさんにチェンジしてくる」

「はーい。あの子は相変わらずですねー」

ホントだわ。

準備をカエデちゃんに任せると、自室に行き、服を脱いでＴＳポーションを飲んだ。そして、エレノアさん用の服を着ると、髪を結び、リビングに戻る。

リビングに戻ると、カエデちゃんがすでに準備を終えていた。すると、インターホンが鳴った。

「私が出るわ」

どうせナナポンだろうと思い、カエデちゃんを制して玄関に向かう。扉を開けると、予想通り、ナナポンが立っていた。

「いらっしゃい」

「すみません、急にお邪魔して」

ナナポンが申し訳なさそうに入ってくる。

「別にいいわよ。私もあなたに話があったしね。まあ、上がりなさい」

「お邪魔しまーす」

ナナポンを連れて、リビングに戻る。

「ナナカちゃん、いらっしゃーい」

リビングに戻ると、カエデちゃんがナナポンに声をかけた。

「お邪魔します、朝倉さん。すみません、お邪魔しちゃって」

「いいよ、いいよ。いっぱいあるしね」

テーブルの上には肉や魚、野菜がいっぱい並んでいる。

「ホントにいっぱいありますね。さすがは成金です」

「ナナカちゃんも贅沢してる？」

「いえ、あれから抑えるようにしました。たまにプチ贅沢をする程度です」

あんな目に遭えば、反省もするか。

「まあ、座りなさい。話は食べながらでいいわ」

そう言いながらカエデちゃんの対面に座り、ナナポンが俺の隣に座った。

「じゃあ、いただきましょう」

カエデちゃんが煮込んでいた鍋のふたを開ける。

「そうしましょう」

「いただきまーす」

俺達は鍋を食べ始め、それと共にビールを飲み始めた。

「ビール、不味いです」

ナナポンにはビールは早かったらしい。

「冷蔵庫に甘いのがあるから勝手に取りなさい」

「はーい」

　ナナポンが冷蔵庫に行ったのでナナポンが残したビールをイッキする。

「この美味さがわからないなんてね……労働後の一杯は格別」

「魔女のくせにＯＬみたいなことを言ってますね」

　カエデちゃんが笑う。

「美味しいもん」

「私も学生の頃は美味しくなかったです」

　確かに昔はカエデちゃんも『ビール、にがーい』って言って、カシスばっかり飲んでた記憶がある。

「朝倉さーん、このブドウのやつをもらってもいいですかー？」

　キッチンからナナポンの声が聞こえる。

「いいよー」

　カエデちゃんが答えると、ナナポンが甘いブドウの酎ハイを持って戻ってきた。

「御二人はビールをよく飲めますよね。あ、これ、どうしよう……って、空だし」

　ナナポンは俺がさっき一気飲みし、空になったビール缶を持つ。

「もらった」

「えー……いや、間接キス云々を気にする歳でもないですけど、普通、飲みます？」

「もったいないじゃないの」

「沖田さん、あなた、金持ちのくせに貧乏性ですね」

　えー、そんなことないよー。というか、そこだけ沖田君にすんな。飲んだのはエレノアさん。

「わかる、わかる。この人、やきとりも唐揚げも数を数えるんだもん。口酸っぱく言ったらやらなくなったけど」

「それは嫌ですねー。デートとかでそれをやられると冷めます」

　ぶっちゃけ、今もこのエビは一人、二尾だなって思ってたりする。

「ねー」

　えー……カエデちゃん、冷めてたん？

「その話はよしましょう！　沖田君が泣いちゃうから。丸一日、フロンティアで頑張った後にやる話題じゃない」

　もっと労われ！

「んー？　エレノアさん、フロンティアに行ったんですか？」

　ナナポンが聞いてくる。

「そうそう、その話。今日、沖田君がAランクの三枝ヨシノさんにミレイユ街道に連れていってもらえたのよ」

「おー！　Aランク！　どういう縁です？」

「ふふっ、沖田君がナンパされたの」

すごくなーい？

「それ、明らかに怪しまれてません？」

ナナポンでもそう思うらしい。

「まあ、そうでしょうよ。でも、大丈夫でしょ。そんなことよりも、今日、ミレイユ街道に行ってみたけど、私とナナカさんでも行けそう。もうダイアナ鉱山にこだわる必要もないし、スケルトンは飽きたから今度からミレイユ街道に行きましょう」

「エレノアさんがそう言うならわかりました」

その素直さを沖田君にも分けろっての。

「ナナカちゃん、変装は決まったの？」

カエデちゃんがナナポンに聞く。

「決まりました！」

「どんなの？」

「それはお楽しみです！　変なのではないので安心してください」

変ではないのにお楽しみ？　ぜってー、変だろ。

「ふーん……」

カエデちゃんも俺と同じことを思っているっぽい。

「大丈夫ですってー。エレノアさん、明日、暇です？　そのミレイユ街道に行きましょうよ」

明日？　今日も行ったのに？

うーん、でも、ナナポンは結構、期間が空いてるし、行った方がいいかな……

「カエデちゃん、明日は？」

「仕事ですんで大丈夫です。でも、明日は土曜ですよ？」

土曜は客が多いって言ってたな。

「まあ、ギルドはしょうがないわ。でも、ミレイユ街道は中級冒険者用だし、土日も平日も変わらないでしょ？」

中級ともなれば、副業ではやらんだろ。

「まあ、そうですねー。ナナカちゃんも人が多いけど大丈夫？」

「大丈夫です！」

「珍しくナナカさんがやる気になってるから行ってくるわ」

「わかりました。朝からは……ないか」

カエデちゃんがナナポンを見て、苦笑しながら首を振った。まあ、俺も大学生のナナポンが朝から行くとは思えない。だって、俺らもそうだったもん。

夕食の鍋を食べ終えたのでナナポンにヨシノさんやリンさんのことを説明し、今後のことを話し合った。そして、遅くなる前にはタクシーを呼び、ナナポンを家に帰すと、俺とカエデちゃんはまったりと過ごし、就寝した。

翌日、昼前に起きた俺は準備をし、カエデちゃんが用意してくれた昼食を食べて家を出る。タクシーに乗り、ギルド裏口に回ると、そのままギルドに入った。そして、いつものように受付裏から入り、ロビーに出たのだが、今日は冒険者の数が多かった。いつもは多くても十人程度なのに今日は二十人以上いる。さすがは休日である。

不自然にスマホを取り出す有象無象を無視し、カエデちゃんのもとに向かうことにした。

「こんにちは」

カエデちゃんの受付に行くと挨拶をする。

「はい、こんにちは」

カエデちゃんはやっぱり五十パーセントの笑顔だ。

「ミレイユ街道ね」

「はい。あのー、後ろでスマホを構えている人が何人かいるんですけど……」

カエデちゃんが俺の後ろを見ながら教えてくれる。多分、俺の長い髪とお尻を盗撮しているんだろう。

「無視よ、無視。サツキさんに取り締まるように言っておいて」

「そうします……これはちょっとひどいです」

まあ、仕方がないことである。俺がちょっとコンビニに寄ると、こうなるもん。盗撮ばっかり。まだ声をかけてきて、握手してくださいの方がかわいげがある。こちとら、サイン色紙まで用意しているというのに。

「じゃあ、行くわ。もうちょっとしたらナナカさんが来ると思う」

今回からは俺が先にフロンティアに行くことになっている。ナナポンを先に行かせるのは危険だからだ。

「ちょっと怖いですけど、わかりました。気を付けて行ってください」

俺もナナポンがどんな格好で来るのかがちょっと怖い。さすがにひょっとこや骸骨のお面はないと信じたい。

「はーい」

カエデちゃんに手を振り、後ろを見た。すると、数人がサッと不自然に動く。

うっぜ……いや、待て！　そうか……これが昨日のおっぱいを見る俺へのヨシノさんの気持ちなんだ。これは嫌われるわ。

今度から気を付けようと思いながら盗撮冒険者を無視し、ゲートに向かった。そして、昨日と同じく、ミレイユ街道へとやってくる。ただ、冒険者は昨日より少なく、三パーティーしかいない。しかも、その三パーティーはシートを広げ、昼ご飯を食べていた。

冒険者達は地図を見ながら何かの相談をしているようだったが、すぐに注目が俺に集まる。だが、すぐに相談に戻っていった。やっぱり中級は民度がいいな……まあ、後で話題にするんだろうけど。

ナナポンを待つことにし、誰もいない端に避ける。そして、しばらく待っていると、一人の女性がゲートから出てきた。その女性は金髪であり、肩より少し下くらいのロングヘアーである。そして、その金髪を後ろに一本にまとめていた。格好は黒ずくめのスーツを着ているうえ、サングラスまでしている。

どこぞのエージェントか？　というか、見たことある服装だな……

見覚えがあるのは当たり前である。ナナポンを攫ったあの雑魚共とまったく同じ格好なのだ。

その女を見て、さすがに呆れた。何故なら、その女はそんな格好をしているのに見覚えのあるかわいらしいうさぎのリュックを背負っているからだ。

ナナポンじゃん……

そのナナポンらしき女はまっすぐ俺の所に来て、俺の前で止まった。

「どうです？」

ナナポンはサングラスをしているが、ドヤ顔をしていることだけはわかった。

「あなた、よくそんな格好ができるわね……あなたを縛って攫った奴らと同じじゃないの」

「ひょっとこや骸骨の仮面よりかは良いじゃないですか。これならギリセーフです」

まあ、冒険に行くのにスーツはどうかと思うが、ＳＰに見えないことはない。小っさいし、弱そうだけど。というか、こいつチビだから全然、似合ってない。

「その金髪は？」

「ウィッグです！　エレノアさんとお揃いにしました！　弟子ですから！」

何の弟子だよ。

「ふーん、カエデちゃんは何て？」

「何も。ただ、ため息です」

めんどくさくなったんだな。

「一応、聞いておく。あなた、これからもそれで行くの？」

「そうなります。あ、エレノアさん、透明化ポーションをください」

まあ、必要だろうね。

「後であげるわ。とりあえず、行きましょう。ここは人が多い」

さっきまで作戦会議をしていた冒険者達もさすがに俺とナナポンをガン見している。

「わかりました。あ、私のことはナンバーセブンと呼んでください」

「何それ？」

「七番目の弟子です」

六人もいねーよ！　いや、ナナカだからセブンなんだな。

「あなたって、この一週間でそれを考えてたわけ？」

「そうなります。エージェント・セブンとどっちがいいです？」

こいつ、マトリック○を見たな……

「ハァ……まあ、何でもいいわ。行くわよ」

「はい」

ナナポンはまったく似合っていない背中のうさぎのリュックから杖を取り出した。

「杖？」

「そら、そうですよ。魔法使いですもん」

真っ黒のスーツに金髪なのに、可愛らしいうさぎのリュックと杖……

「二十六歳にもなってジャージで美容院に行った私だけど、言わせて……ダサいわよ」

「仕方がないでしょ！　他の候補が邪教徒かパピヨンマスクだったんですから！」

ナナポンが顔を真っ赤にして怒った。まあ、確かにその選択肢だと黒ずくめのスーツになる。

「じゃあ、それでいいわよ。人のこと言える格好をしていないしね」

「そうですよ。さあ、行きましょう！」

ナナポンが意気揚々と街道を進んでいったため、俺もあとを追った。

俺達は二人で並びながら街道を歩いている。今日もとてもいい天気である。

「昨日、聞きましたけど、ハイウルフとグレートイーグルですっけ？」

隣を歩くナナポンが聞いてくる。

「そうそう。そんなに強くないけど、注意して」

「エレノアさんのそんなに強くないは微妙に信用できないです……」

「大丈夫だって。あなたの魔法と相性が良いし、危なくなったら助けるから」

「おねがいしますよー。ここでは私の透視が役に立たないんですから」

まあ、開けた平地だし、透視するものがないもんね。

「大丈夫よ。あ、あなたにこれを渡しておくから定期的に飲みなさい」

ナナポンに強化ポーション（防）を渡した。

「あー、言っていた防御力が上がるポーションですね。効果はどんなもんです？」

「検証が難しくてね。一応、私とカエデちゃんで試してみたんだけど、竹刀で叩いても大丈夫だったわ」

「……え？　朝倉さんを竹刀で叩いたんですか？」

ナナポンがドン引きしている。まあ、そうだろう。俺も自分で言ってて、何を言ってんだって思ったもん。

「私だって叩く気はなかったわよ。カエデちゃんに叩いてもらったんだけど、その後、自分も試してみたいって言うから……」

「ごめんなさい。ちょっと怖いです。私の頭の中には暴力を振るう彼氏しか浮かびません」

奇遇だな。俺もだよ。

「やったのは沖田君じゃなくて私だけどね」

「何してんですか……」

「悪いけど、この件は忘れて。私も思い出したくない。とにかく、結構防げると思うから一応、飲んでおいて。効果は一時間」

「お腹がタプタプになりそうですね」

俺は沖田君と冒険したくないっていうお前のためにTSポーションを飲んで、透明化ポーションを二つも飲んで、ここに来ているんだぞ。感謝しろ。

「大怪我するよりは良いでしょって……あ、ほら、空に鳥が飛んでるわよ」

「あ、ホントだ……え？　あれって、グレートイーグルでは？」

「そうね」

頷くと、ナナポンは急いで強化ポーション（防）を飲み干した。

「よーし！　えーっと、エレノアさんが引き付けて攻撃し、グレートイーグル避けて、上空に逃れたところで私が魔法を使うんですっけ？」

この辺は昨日、鍋を食べ終えた後に打ち合わせをしたのだ。

「そうそう。じゃあ、私が挑発でヘイトを集めるわね」

「ざーこ、ざーこって言ってみてくださいよ」

カエデちゃんだな……

「嫌。いくつだと思ってんのよ。十年遅いわ……おーい！　そこの雑魚鳥ー、こっちにおいでー！」

グレートイーグルに向かって叫ぶと、上空を旋回していたグレートイーグルが俺に向かって、滑空してきた。

「おー！　来ましたね。私は下がります」

ナナポンが俺の後ろに下がったため、カバンから剣を抜く。

「さあ、来なさい！」

剣を構える。

「エレノアさん、かっこいい！」

ナナポンが俺を褒めていると、グレートイーグルが俺に向かって突撃してきた。タイミングを合わせて剣を軽く振ると、グレートイーグルは昨日のリンさんの時のように剣を躱し、上空に羽ばたいていく。

「エージェント・セブン！」

「はい！　ファイヤー！」

ナナポンに指示をすると、ナナポンが得意の火魔法を放った。ナナポンが放った火の玉がまっすぐ飛んでいき、グレートイーグルに命中する。すると、火の玉が一気に燃え広がり、グレートイーグルが炭となった。そして、上空からひらひらと一枚の羽根が落ちてくる。

「エージェント・セブンは言いにくいからやめるわ」

長いし。

「私もむず痒いんで人がいない時は今まで通りで良いです」

ナナポンがひらひらと落ちてくる羽根をキャッチしながら言う。

「よーし！　次に行くわよ、ナナポン」

「ナナポンはやめろ。エレノアさんでナナポンと呼ぶな」

マジギレされたし……こいつの基準がまったくわからん。

俺達はその後もハイウルフ、グレートイーグルを倒していき、いい時間となったので少し休憩し、引き返すことにした。

「エレノアさん、私のレベルが上がってます！」

休憩中なのでお互いにステータスカードを確認してみようとなったのだが、ナナポンのレベルが上がったようだ。

「それはよかったわね……」

チッ！　せっかく、追いついたのに……

「ん？　なんで嫌そうなんです？」

「そんなことはないわよ。なんかスキルは生えた？」

「えーっと、実はここに来る前に確認したんですけど、演技が増えてましたね」

演技？

「あなた、演劇部だったの？」

「いえ、そんなことはないですけど、変装のせいですかね？」

それなら俺の方が変装している。なにせ、性別まで変えてるし。

「ふーん、まあ、冒険ではあんまり使えなさそうね。日常生活で嘘でもつきなさいよ」

「私は嘘なんかつきませんよ」

卑劣なカンニング女が何か言ってらー。

呆れながらも自分のステータスカードを確認する。

「あ、私もレベルが上がってる。昨日、上がったのにすごいわ。いやー、お互いレベルが上がって良かったわねー！」

よっしゃ！　追いついた！

「さっき沖田さんが不機嫌な理由がわかりました……そんなんだから朝倉さんに小っちゃいって言われるんですよ」

ほっとけ。

「でも、ここって簡単に上がるわね。私達のスケルトン狩りは何だったのかしら？」

めっちゃくちゃ倒したのに。

「ここは中級ですからね。私達みたいな低レベルはじゃんじゃん上がるんでしょう」

上級に行けばもっと上がるんだろうか？　でも、ナナポンが危ないし、ここでやるか……

「まあ、何にせよ、レベルが上がるのは良いことだわ」

「あ、ステータスカードを見せてください。何を作れるようになったんです？」

ナナポンが興味津々に聞いてくるので見せてあげることにした。

名前　エレノア・オーシャン
レベル9
ジョブ　剣士
スキル
　剣術レベル6
　話術レベル1
　挑発レベル1
☆錬金術

レベル９
　回復ポーションレベル１、性転換ポーション
　眠り薬、純水
　翻訳ポーション、アイテム袋
　透明化ポーション、鑑定メガネ、鑑定コンタクト
　回復ポーションレベル２、強化ポーション（力）
　強化ポーション（速）、強化ポーション（防）
　オートマップ、回復ポーションレベル３

「レベル３の回復ポーション……」

ナナポンがポツリとつぶやき、絶句する。気持ちはとてもわかる。

レベル３の回復ポーションはこの三十年の歴史で数十個しかドロップされてないアイテムだ。

効果は欠損すら治せるらしい。これは俺でも知っている。

「これ、いくらになるかな？」

「さあ？　少なく見積もっても数千万は行くと思います。億に届いても驚きません」

部位欠損を治せるんだもんなー。もし、そういうケガをしている人は金があれば、買うだろう。

「ちなみに、材料を聞きたい？」

「純水と薬草三つって言ったら怒ります」

「…………」

じゃあ、言わない。

「マジですか……千六百円」

薬草三つで千五百円、コンビニの水が百円。うん、千六百円だね。

「こりゃ、レベル２の回復ポーションの交渉どころじゃないわねー」

クレア、早く連絡を寄こせや。

「とりあえずはギルマスさんに相談ですね」

「そうなるわね。ナナカさん、一つ作るからあなたが持ってなさい」

「え!?　あ、そうか……もしものためですね」

ナナポンには以前にもレベル２の回復ポーションを渡している。もし、俺が戦闘不能になった時に使ってもらうためだ。あと、ナナポンがトラックに轢かれた時用。

周囲を見渡し、誰もいないことを確認する。

「ナナカさん、周囲に隠れている人はいない？」

「んー……いませんね」

ナナポンは周囲を見渡しながら答えた。それを聞くと、カバンからペットボトルの水と薬草三枚を取り出す。そして、ペットボトルに薬草を入れ、じーっと見る。すると、ペットボトルが光りだし、ペットボトルが灰色の液体が入ったペットフラスコに姿を変えた。

「これがレベル３の回復ポーションですかー。不味そうです」

確かに不味そうだ。灰色って飲み物の色じゃない気がする。

「まあ、どうせ無味無臭よ。はい、あげる」

作ったレベル３の回復ポーションをナナポンに渡す。

「ありがとうございます。エレノアさんがピンチになったら絶対に使います！」

沖田君にも使ってあげてね……

「はいはい。あ、これも渡しておく」

最初に言っていた透明化ポーションも渡していく。

「強化ポーションといい、私のアイテム袋がポーションだらけになりそうです」

「そういえば、あなたにあげたアイテム袋は十キロだったわね。足りないでしょう？　あげようか？」

「えー……色がー」

カバンから百キロのアイテム袋となっている黒いカバンを取り出す。

こいつ、ホント、わがままだな。外見も中身も真っ黒なくせに。

「じゃあ、あなたが気に入っているそのうさぎさんリュックをアイテム袋にしてあげましょうか？」

「いいんです？」

ナナポンはいつも同じリュックを背負っている。

「まあ、輪ゴムを入れるだけだしね」

「お願いします」

ナナポンはリュックを下ろすと、腰を下ろし、中身を取り出していく。その間にカバンから五百個入っている輪ゴムの箱セットを二つ取り出した。

「千キロが作れるけど、それでいい？」

輪ゴムの箱を開けながらナナポンを見下ろす。

「千キロ……へへ、十二億」

ナナポンが悪そうな顔をしながら見上げてきた。

「売るんじゃないわよ」

「わかってますよ」

ホンマかいな……

「ほら、貸しなさい」

ナナポンからリュックを受け取ると、箱から輪ゴムを取り出し、リュックの中に投入した。そして、じーっと見ながら念じると、リュックが一瞬、光る。

「はい、できた。あなたには各種ポーションを渡しておくから適宜、使いなさい。足りなくなったら言って」

「はい」

カバンから次々と各種ポーションを取り出し、ナナポンに渡していった。ナナポンもポーションを受け取ると、次々とリュックに収納していく。

「エレノアさん、何個作ってんですか……」

ナナポンは呆れたように言いながらポーションを収納していっている。

「暇だからめちゃくちゃ作ってる。実は私の部屋のクローゼットにポーションでいっぱいになった千キロのアイテム袋がある」

「まあ、原価が安いから良いですけど、やりすぎです」

ポーションを作るのって楽しいからなー。

「そのおかげでポーション風呂に入れたんだからいいじゃない」

大量に作ったポーションを持て余したので実験をしたのだ。

「私、思ったんですけど、ボディーソープに回復ポーションを混ぜるのはどうです？」

「なるほど……帰ったらやってみるわ」

さすがは弟子。発想が錬金術師だ……いや、そうでもないか。

その後もナナポンにポーションを渡していき、ナナポンがそれをリュックに収納するという作業を続けていった。

「もうこんなもんでいいでしょう。さすがにこれ以上はいいです。また、足りなくなったら言います」

ナナポンがストップをかけた。

「まあ、そうね。ここ外だし、今度にしましょう」

「はい。これからどうします？　まだ、三時ですけど、レベル3の回復ポーションのことがあるし、ギルマスさんに報告する時間を考えると帰った方がいいと思います」

それもそうだな。正直、そっちが気になって冒険に身が入らない気もする。

「じゃあ、帰りましょうか。冒険はまた今度にしましょう。あなた、来週は？」

「いつでもいいですよ。エレノアさんに合わせます」

大学はサボる気なのね。

「わかった。また連絡するわ」

「はい。帰りましょう」

俺達は少し早いが、帰ることにし、寄り道をせずに街道をまっすぐ歩いていった。特にモンスターと遭遇することもなく、帰ることができ、ゲートが見えてきた。

「あれ？　三枝さんがいますよ」

ナナポンがそう言うのでゲートの周りを見渡してみる。すると、確かにヨシノさんがゲート前に一人で立っていた。

「一人で何してんだろ？」

「エレノアさんに用があるんじゃないですか？　今日、ここに来る前にギルド前で会いましたよ」

ナナポンがヨシノさんと会った？

「池袋のギルド前よね？　話したの？」

「ええ。色々と聞かれました」

「色々って？」

「この前の誘拐事件の事情聴取です。犯人に身に覚えがあるか、とかですね」

「今さら？」

遅くないだろうか？

「あー、あと、エレノアさんのこととギルマスさんのことを聞かれましたね」

「私はわかるけど、サツキさんも？　空き巣のことがバレたのかしら？」

「いいえ、自分のことについて、何か言ってないかって聞かれました」

あの人、ホントに気にしてるなー……さっさと、土下座でも何でもすればいいのに。

「それだけ？」

「ですね。軽く答えたら後ほど詳しく聞きたいって言って、帰られました」

俺の時と同じような感じか……？　沖田君の次にナナポンを探ろうとしたんだろうか？

「なるほど。帰って、ここに来たということは私に用があるってことね」

「そういうことだと思います」

また、何かを売ってくれって言うつもりかな？

何の用件だろうと思いつつも街道を進んでいき、ゲート前にやってきた。ゲート前はヨシノさん以外では数人で固まっている一つのパーティーがいるだけだ。

俺とナナポンがゲートに向かって歩いていると、ゲートのすぐ近くにいるヨシノさんと目が合った。というか、ヨシノさんの方が俺をガン見しているのだ。しかも、俺の目でなく、身体全体を隈なく見ている。

「……あなたもここでお仕事？」

ヨシノさんの視線が気になり、自分から声をかける。

「そうだな……人と待ち合わせてるってところだ。そっちは？」

「帰りね。あ、ここを紹介してくれてありがとう。ウチの子でもやれそうだわ」

いつの間にか俺の後ろに回ったナナポンをチラッと見ると、ヨシノさんもナナポンを見た。

「その子は？　護衛のような格好をしているのに主人を盾にしてるけども……」

ナナポンは内弁慶だからなー。

「私の弟子。かわいいでしょ。エージェント・セブンって言うの」

「いや、横川だろ」

まあ、前にも言ったし、さっき会ったわけだし、わかるよね。

「本人がエージェント・セブンと呼べって言ってるのよ」

「偽名か……変装しているようだし、まあ、そうか？」

「前にも言ったと思うけど、まだ学生さんだし、この前のこともあるから変装させたの。それで？　何か御用でもある？　ないなら帰るけど」

「いや特にはない……ないが、近いうちに大事な話をすると思う」

大事な話？　何かの取引だろうか？

「ふーん。じゃあ、待ってるわ。エージェント・セブン、行くわよ」

「はーい……やっぱり名前変えようかな……」

ナナポンでいいじゃん。

俺とナナポンはヨシノさんに別れを告げ、ギルドに帰還した。

ギルドに戻り、ナナポンを連れてカエデちゃんのもとに向かう。そして、サツキさんに話があると伝えると、カエデちゃんと共に支部長室に向かった。

「サツキさん、いるー?」

支部長室の扉をノックしながら声をかける。

『いるぞー。勝手に入れ』

サツキさんから許可を得たので三人で部屋に入ると、サツキさんがソファーに寝ころびながらスマホを弄っていた。

「また、ソシャゲ?」

部屋に入り、ソファーに近づきながら聞く。

「まあなー……よっこらせ」

サツキさんがおっさんみたいな声を出しながら体を起こしたため、俺達はソファーに座ることにした。

いつも通り、サツキさんとカエデちゃんが並んで座り、俺とナナポンがその対面に座る形だ。

「暇そうねー」

「まあな。オークションも終わったし、平和なもんだ」

「じゃあ、忙しくしてあげる。はいこれ」

帰る前に作っておいたレベル3の回復ポーションをテーブルに置く。

「灰色……か」

サツキさんはポーションの色で察したようだ。

「知ってるの？」

「まあな。見たことがある」

サツキさんはそう言って、俺があげた鑑定メガネを取り出し、テーブルの上にあるポーションを手に取った。

「確かにレベル3だな……ほれ」

サツキさんはポーションを鑑定し終え、メガネを外すと、隣に座っているカエデちゃんにポーションを渡す。

「……いつかは来ると思っていましたが、早かったですね。そのうち、レベル4とかも作れそうです」

カエデちゃんが受け取ったポーションをじーっと見ながらつぶやく。

現在、レベル4の回復ポーションは数個しか確認されていない。そして、レベル5の回復ポーションはまだ見つかっていない。

「それでどうした方がいいと思う？　本部長に売る？　それともオークション？」

カエデちゃんからポーションを返してもらいながらサツキさんに聞く。

「そうだなー……まずはレベル2の回復ポーションがあるだろ。そっちをさっさと売れ」

まあ、そうなるわなー。

「わかった。クレアを急かすわ」

「そうしろ。その後、本部長にレベル2の回復ポーションを売ったらレベル3の回復ポーションをオークションにかけよう。レベル3の回復ポーションはここ数年、市場に出ていないし、値段がつけられん」

「じゃあ、一個ね。皆さんに値段を決めてもらいましょう」

その後に売ればいいか。本部長かクレアが買うだろ。

「そうしよう。あ、それとお前、オートマップっていうのが作れるようになったんだったな？」

「オートマップ？　ああ、あれね。まだ作ってないけど」

「すぐに作れるか？」

「材料は紙とコンパスと鉛筆だからね。作れるわよ」

相変わらず、安価だわ。

「ちょっと作って、見せてくれないか？」

「別にいいけど、何に使うの？」

どっちみち、作ってみるつもりではあったから問題はない。

「まだわからん。実は国がとある測量会社に依頼を出したんだ」

「とある測量会社？」

「フロンティアを測量し、地図を作製する専門の会社だな」

フロンティアにはモンスターが出るため、普通の会社では仕事ができない。そのため、そういう専門の会社があるのだ。

「新エリアでも見つけた？　それとも、もらった？」

「まだわからん。だが、普通の入札方式ではないし、何かがあることは確かだ。私が探って売り込んでみようと思ってる」

「ふーん、じゃあ、今度作って持って来るわ」

よくわからんが、サツキさんに任せればいいだろう。

「頼む……ところでナナポン、その格好は何だ？　はっきり言うが、お前はチビだから似合わんぞ」

言っちゃった……そんなんだからナナポンがサツキさんに懐かないんだろうな。

「ひどい！」

ナナポンがショックを受ける。

「かわいらしいじゃないの」

一応、庇っておこう。

「エレノアさん……」

ナナポンが目を潤ませながら俺を見てくる。

「本当のことを言え、沖田君」

「コスプレしたガキだよな？」

サツキさんに促されたため、正直に言った。

「私、沖田さんのことが嫌いです」

ついにはっきりと言われてしまった……

「いや、あなた、自分でも似合ってないって思ってるでしょ。杖もひどかったし」

ＳＰみたいな見た目で杖を持つのは変すぎる。

「言っておきます。変装でその姿を選んだあなたが何を言っても私の方がマシです」

言ってはならんことを……

「カエデちゃんは私とナナポンだと、どっちがダメだと思う？」

カエデちゃんに聞いてみる。

「先輩です」

カエデちゃんが即答した。

「えー……」

「沖田君、誰に聞いても無駄だと思うぞ。正直、私は口調や立ち振る舞いを即座に切り替えられるお前のポテンシャルの高さに引いている」

「私もです。さっきまで普通にしゃべっていたのにエレノアさんになると、急に人が変わるんですもん」

ひっで。

「じゃあ、いいよ。普通にしゃべる。サツキさんが切り離せっていうから頑張って練習したのに引くんじゃねーよ」

一生懸命アニメを見て、練習したのに。

「私は沖田さんのポテンシャルに興味がないのでエレノアさんのキャラを崩さないでほしいです」

こいつら、めんどくせーなー……

「あっそ。話は終わったし、帰るわよ」

ギルドでの用件を終えたので家に帰ることにした。

どっかのトイレで沖田君に戻って、カエデちゃんと一緒に帰ろうと思ったのだが、カエデちゃんは残業らしい。

友達の家に遊びに行くというナナポンと別れ、買い物に行き、夕食とオートマップの材料を買って家に帰った。

家に帰ると、誰もいないリビングのテーブルに買ってきた材料を出す。オートマップを作るのだ。まず、紙をテーブルに置き、その上にコンパスと鉛筆を置いた。準備はこれで終わりである。

あとは念じるだけであら不思議！　オートマップの完成だ！

「……ただの紙だな」

これ、どうやって使うの？

ただの紙を持って、首を傾げる。

「えーっと……あー、縮尺を書くのね」

　頭の中に使い方が思い浮かんだため、シャーペンで紙の右上に1／50と書いた。

「これで歩くのか……」

　紙を持って立ち上がり、家の隅々まで歩く。すると、紙にどんどんと図が描かれていき、ついには鍵がかかって入れなかったカエデちゃんの部屋以外の見取り図が完成した。

「ふーん、という感想しか出ねーな」

　もしかしたら、例の測量会社さんは買ってくれるかもしれない。でも、正直、微妙な感じは拭い去れない。

「すごい技術だが、やっぱり微妙だな。サツキさんにあげよう」

　買ってきたノートの上にコンパスと鉛筆を置き、オートマップノートを作成して、カバンにしまった。そして、弟子が提案したボディーソープポーションを作ろうと思い、買ってきたボディーソープをテーブルの上に置く。すると、インターホンが鳴った。

「ん？　誰？」

　立ち上がり、リビングにあるモニターを見に行く。モニターを確認すると、そこにはとある部分がモニター越しでも主張していることがわかるヨシノさんがいた。

　え？　家に来たし……

　探っていたのはわかってたし、俺とカエデちゃんの関係を知っていたから家の場所も知っているのはわかるが、直接来るか？

「はい、何でしょう？」

通話ボタンを押し、モニターに向かって、声をかける。

『あ、沖田君かい？　急で申し訳ない。ちょっといいかな？』

どうしよう？　嫁（予定）が残業で頑張っているのに家に巨乳のねーちゃんをあげちゃうの？うーん、まあ、百パーセントそういうロマンスではないんだろうけどなー……

リビングを見渡し、見られてマズいものがないかを確認する。

エレノアさん関係は全部、俺の部屋だし、問題はない、か……

「ちょっと待ってねー」

そう言って、通話を切ると、テーブルに出したボディーソープをカバンにしまった。そして、アイテム袋をキッチンに隠すと、急いで玄関に向かい、扉を開ける。当たり前だが、そこにはヨシノさんが立っていた。

「やあ」

ヨシノさんが軽く手を上げる。

「こんにちは。どうしたん？」

「大事な話があってね。カエデは？」

「カエデちゃんはまだ仕事。あがる？　お茶くらいは出すよ？」

「そうだね……あまり外で話せる内容ではないんだ」

何だろう？　告白？

「じゃあ、どうぞ」

「悪いね。お邪魔するよ」

ヨシノさんを招き入れると、リビングに通し、テーブルに座らせる。

「あのー、一応、聞くんだけど、なんで家を知ってんの？」

「すまない。調べた」

怖いなー……

「なんで？」

「それが大事な話に繋がることなんだよ」

やっぱりエレノアさんかなー？

「はぁ……？　急すぎてびっくりしてるわ」

アポって知ってる？

「いきなり家に来たことは申し訳ないと思ってる。でも、急ではない」

「へ？　急じゃん」

何言ってんねん。

「さっき、近いうちに大事な話があるって言ったじゃないか」

……んん⁉

「言ったっけ？　さっきって昨日？」

今日、沖田君はヨシノさんと会っていない。会ったのは……

「さっき、ミレイユ街道で会った」

あ、ヤバい。

「何のことでしょう？」

「君はエレノア・オーシャンだね？」

あれー？　バレてるぞー？　バレるようなことをしただろうか？

「いや、そんなわけないじゃん。そもそも性別が全然違うし」

俺、男。エレノアさん、女。

「隠すな。私にはわかる」

「隠してないのに……ちなみに、なんでそう思ったん？」

「君がそうであるように私もユニークスキルを持っているんだよ。それでわかった」

ユニークスキル……あ、これはダメだわ……ど、ど、ど、どうしよう⁉　カエデちゃんはどこ⁉

「ふぅ……コーヒーでも飲む？」

一つ息を吐くと、お客さんにお茶を出していないことに気が付いた。

「もらおう」

立ち上がり、キッチンに行く。そして、お湯を沸かし始め、考える。

どうしよう？　ヤバいね。　うーん、とりあえず、黙らせるか……

第五章 ―― Chapter 5

「ただいまでーす！」

俺がソファーでまったりしていると、カエデちゃんが帰ってきた。

「おかえりー。残業って言ってたし、もっと遅いのかと思ったわ」

今は七時半だ。

「早く帰りたくて頑張りました！　明日はお休みです！」

「おー！　良かったねー！　ご飯を用意するから一緒に食べようよ」

「はーい！　あ、着替えてきます！」

カエデちゃんがそう言って、リビングを出ていったため、キッチンに行き、買っていた弁当をレンジで温める。弁当を温め、ビールと共にテーブルに置くと、カエデちゃんがリビングに戻ってきた。

「あ、なんとビールまで用意してあるじゃないですか！　先輩、スパダリですねー」

スパダリのハードルってめちゃくちゃ低いんだな。

カエデちゃんがニコニコ顔で席に着いたので俺も座る。

「かんぱーい！」

「おつかれー」

俺達は乾杯のビールを飲むと、弁当を食べ始めた。

「今日は疲れましたけど、良いこともありましたねー。レベル3の回復ポーションは絶対に高く売れますよー」

「だよねー。一気に稼ごうぜ。あ、そういえば、カエデちゃんって夜勤とかないの？　前はたまにあるって言ってたけど、一緒に住み始めてからはないよね？」

以前から気になっていたことを聞いてみる。

「あー、それですかー。私の夜勤って、要は鑑定が使える人がギルドに一人はいないといけないからなんですよ。でも、先輩が鑑定メガネをくれたからどうとでもなります。ですので、ほぼほぼ夜勤はなくなりましたね。元々、女性の夜勤は危ないので避けますし」

鑑定メガネを共有してんのか……他のギルドに売ろうかな？

「夜勤って危ないの？」

「夜勤は数人ですからね。たまーに酔った冒険者とかが来るんです」

そら、危ないわ。ウチのカエデちゃんが危ない。

「確かに女性は危険だな……鑑定メガネをサツキさんにあげて良かったわ」

「ですねー。ところで、なんでそんなことを聞いてきたんです？」

「いや、気になっただけ」

ホント、ホント。

「ふーん……私がいない方がいいとか思ってません？」

「思うわけないじゃん。一緒がいいよ」

「……じゃあ、聞きますけど、玄関にある見たことのない女性物の靴は何です？」

カエデちゃんが笑顔を止め、箸を置いた。

「その件ね。怒らないで聞いてくれる？」

「……内容によります」

浮気じゃないのになー。

「実はね、夕方にヨシノさんが訪ねてきたんだよ」

「ヨシノさん？　え？　家に来たんですか⁉」

カエデちゃんが驚く。

「俺も急に来たからびっくりした。それで大事な話があるって言われたから家にあげたんだよ」

「大事な話……まさか……！」

カエデちゃんも察したらしい。

「そうそう。来ていきなり、お前はエレノア・オーシャンだろうって言われちゃったよ。多分、バレてると思う」

びっくりした。

「えー……本当にいきなりですねー。しかも、わざわざ家に来るなんて……え？　多分って？　思うって？　ヨシノさんは？」

「俺一人じゃ対応できそうにないから黙らせた」

「だ、黙らせた⁉　何をしたんです⁉」

カエデちゃんが身を乗り出してきた。

「これはマズいって思ったからコーヒーに隠し味として、エレノアさん特製の眠り薬を入れた」

コーヒーを飲んだら一口で倒れたね。ホント、すごい効果だわ。

「何してんですか⁉　最低じゃないですか⁉」

カエデちゃんが怒る。

「しゃーないじゃん。先にアポなし突撃をしてきたのは向こうだよ？」

ゆるせん！　あの巨乳、カエデちゃんの留守を狙ってきやがった。

俺一人ならぼろを出すとでも思ったか？

「卑劣さでいけば、眠り薬の方が……いや、まあ、それはいいです。それで、その眠らせたヨシノさんはどこにいるんです？」

「俺の部屋で寝かしている」

「先輩の部屋ですか……」

言っておくけど、おっぱいは触っていない。そんなことを考える余裕はなかった。

「寒いしねー。風邪を引かせると悪いからベッドで寝かしてる。カエデちゃんの部屋は鍵がかかってたし」

「ハァ……あれって効果時間は六時間でしたっけ？」

眠り薬は何回か夜とかに飲んだことがあるが、ぴったし六時間で目が覚めるのだ。

「そうそう。だから起きるのは十時過ぎかな？　それまでにどうするかを決めないと」

「先に言ってくださいよ。ビールを飲んじゃったじゃないですか」

だって、カエデちゃんが怒ると思ったし。ちょっとでも機嫌を良くしようと企んだのだ。

「まあ、このくらいは飲んだうちに入らないって」

「ハァ……先輩、ご飯食べたらサツキさんを呼びますね」

「従姉だし、それがいいだろうね」

サツキさんに説得もとい、金で買収してもらうしかないだろう。

「じゃあ、食べましょう。せっかく先輩が用意してくれたご飯ですし」

カエデちゃんはそう言って、食事を再開した。

「買ってきて温めただけだけどね」

「それは料理ですね」

そうかな？　器に移してすらないんだけど……

カエデちゃんはご飯を食べ終えると、サツキさんに電話をするということで自室に戻っていった。俺もその間にナナポンに電話をすることにし、スマホを手に取る。

「もしもし？　ナナカさん？」

めんどくさいが、ナナポンがうるさいのでエレノアさんにチェンジしている。

『もしもしー？　エレノアさんですか。こんな時間に何の用です？』

「遅くにごめんなさいね。あなた、今、何してるの？」

『家ですよー。エレノアさんにもらったポーションを整理しているところです』

友達の家に遊びに行くって言っていたが、もう帰っているらしい。

「いきなりだけど、今日、ヨシノさんと会ったって言ってたわよね？」

『ヨシノさんですか？　そうですね。ミレイユ街道の帰りに会ったのとギルドに行く時に会いましたね』

「行きの方はこの前の誘拐事件の事情聴取だったわよね？　それだけ？」

『ですねー。あとはギルマスさんの話です。まあ、長々と話してたわけではないですよ。エレノアさんを待たせていましたし、ほんの数分です』

んー？　バレた原因はナナポンじゃないっぽいなー。

「冷静に聞いてちょうだい。夕方にヨシノさんが私の家に訪ねてきたわ」

『ん？　エレノアさんの？　というか、沖田さんのお家ですよね？』

「そうそう」

『……浮気？』

なんでやねん。

「浮気じゃないわよ」

『付き合ってませんもんね』

そういう意味じゃないない！

「沖田君はカエデちゃん一筋だから大丈夫」

『そのかっこいいセリフを私じゃなくて本人に言ってくださいよー』

うるさいガキだな。十九歳のくせに。

「そんなことはどうでもいいの。それよりも家に来たヨシノさんが沖田君にお前がエレノア・オーシャンだろうって言ったのよ」

『え？　なんで？』

「知らない。だからあなたに今日のヨシノさんが変じゃなかったか聞いてるの」

『あー、なるほど。うーん、でも、そんなに変なことはなかったような……あ、でも、なんでミレイユ街道にいたんですかね？』

そういや、そうだな。待ち合わせって言ってたけど、夕方だったし、冒険に行くような時間ではないと思う。夜の遠征？　でも、それにしては早い。ただでさえ、遅い出勤に定評のあるヨシノさんが早めに来るだろうか？

「うーん、変な会話はしてないわよね？」

『別に……あ、でも、やたらジロジロ見てませんでしたか？』

見られてたな……頭からつま先までガン見だった。正直、感じが悪かったが、いつも沖田君がヨシノさんを見ている手前、そんなことは言えなかった。

「その辺かしらねー？　まあ、いいわ。何かあったら連絡するから、あなたは家で待機」

『ん？　話は終わったんじゃないんです？』

まあ、夕方に訪ねてきて、今はもう夜だもんね。

「ちょっと眠らせたから」

『えー……』

ナナポンが電話越しに引いているのがわかる。

「私一人では対応できないし」

『あのー、もし、ブラフというか、ハッタリだった場合、その行動は自白してません？』

………………。

「おやすみなさい。いい夢を」

『いや、エレノ――』

ナナポンを無視し、電話を切った。

「ったく、あのガキは……」

そんなことを言われたら俺がバカみたいじゃないか。

「ナナカちゃんは何て言ってました？」

スマホを切ると、いつのまにかリビングに戻ってきたカエデちゃんが聞いてくる。

「よくわからないってさ」

確か、そう言ってた。

「ですかー……あ、これからサツキさんが来られるそうです」

「何て言ってた？」

「お前らの愛の巣に行くの？　うへー、だそうです」

そこはどうでもいいだろ！

「このままエレノアさんの姿で待つわ」

沖田君だと、めちゃくちゃ言われそうだし。

「まあ、ヨシノならどうとでもなるって言ってましたね。なんとか説得するそうです」

前にも言ってたけど、大丈夫かねー？

「そっか。とりあえずは待とう」

「そうですね」

カエデちゃんは同意し、隣に座ってくる。

「どうなるかねー？」

「さあ？　レベル３の回復ポーションで黙ってくれませんかね？」

最悪はそれでいくか……

俺達がこのままソファーに座りながら待っていると、サツキさんが家にやってきたので、サツキさんを家に招き入れる。

「ふーん、良い部屋に住んでるんだな……」

リビングにやってきたサツキさんは部屋を見渡しながらつぶやく。

「お金はあるからねー。二人だとこのくらいでしょ」

「まあ、そんなもんかもな……」

サツキさんはキッチンにまで行く。

「あのー、あまり探索しないでくれません？　今、コーヒーを淹れますんで座っててください」

キッチンでお客さんに出すお茶を用意しようとしているカエデちゃんがさすがに苦言を呈した。

「ビールでいいぞ」

「……座っててください」

カエデちゃんが呆れ切ってそう言うと、サツキさんがテーブルまで戻り、座った。

「ビール、飲むの？」

サツキさんの対面に座りながら聞く。

「いい時間だしなー。そんなことより、お前はなんでエレノアなんだ？」

「さっきまでナナカさんと電話してたから。あの子、沖田君が電話すると怒るの」

チェンジ！　いつもこれを言う。

「めんどくさい奴だな……」

「もう慣れたわ。元々、ちょっと変な子だしね」

「まあな」

サツキさんが頷いていると、カエデちゃんがビール缶を三つほど持ってきた。

「カエデちゃんも飲むの？」

「どうせ先輩も飲むんでしょ？　じゃあ、私も飲みます」

カエデちゃんが俺の隣に座りながら答える。

「ケッ！　私、カエデのその私はわかってます的なのが嫌いだな」

もう輩だな、こいつ……

「めんどくさいんでさっさと飲んでくださいよ」

カエデちゃんは本当にめんどくさそうだ。

「あんなにかわいかったカエデが最近、やたらと辛辣なんだよなー。男に影響されたのかね」

「絶対にあなたのせいでしょ。うざいわよ」

ひがみややっかみがすごい。

「あーあ、歳は取りたくないなー……」

サツキさんはそう言いながら、ビールを飲みだした。

俺とカエデちゃんもビールを飲みだす。

「それでヨシノさんのことなんだけど……」

飲み始めたところで本題を切り出す。

「いきなり家に来て、沖田君がエレノアであると言ってきたんだったな？」

「そうそう。アポなし」

「ふーん、大胆だな」

サツキさんがふむふむと頷いた。

「これって、ギルド本部にバレたってこと？　ヨシノさんって、ギルド本部の人でしょ？」

「いや、その可能性は低いな。本部長は慎重な性格だし、エレノアとの関係修復を考えているからいきなり接触はしないだろう。間違いなく、ヨシノの独断専行だな」

確かに黄金の魔女を刺激するようなことはしないか。一応、ゲートを閉じるぞって脅してあるし。

「ヨシノさんはなんでこんなことを？」

「多分、エレノアというより、お前を疑ったんだな。一緒に冒険して思うところがあったんだろうよ」

「沖田君もそんなにミスはしてないと思うんだけどね。やっぱり組むのはやめた方がよかったかしら？」

やはり危険だったか。

「あいつは勘がいいからなー。まあ、気にするな。私はバレてもいいと思っていたし」

「金で買収できるから？」

確かそう言っていた。

「そうだな。それにあいつをこっちにつければ本部の情報すら手に入る。好都合だ」

それも言ってたな。

「そう簡単に裏切るかしら？　確かに金に汚い人だけど、基本的には真面目で良い人だと思うけどね」

まあ、従姉を捨てて、別のギルドに移籍したけども……

「別に裏切るわけではないし、本部長に弓を引かせるようなことをするわけでもない。ただ、本部長は各ギルドの情報や政府連中の情報をいち早く掴めるからな。それをヨシノに流してほしいだけだ。最悪は本部長に適当に回復ポーションとかを流してやれ。それにオークションの儲けの五パーセントは本部に行くんだ。本部長だって文句は言わん」

汚い大人だな……

「それは金だな。あいつが起きたら交渉しろ。どうせ欲しいのはポーションかアイテム袋だろう」

「ヨシノさんは私と沖田君のこと、それに錬金術のことを黙っててくれると思う？」

「アイテム袋はすでに売ったわ。となるとポーションで交渉かな？」

「直接、金かもしれんが、まあ、そんなところだろう。パーティーメンバーが多いあいつにとっては回復ポーションはいくらあってもいいからな」

二十人以上いるって言ってたしな。

「サツキさん、交渉をお願いしてもいい？　あなたがやった方がスムーズに行きそう」

「まあ、私も立ち会ってやるが、交渉自体はお前がやれ。一応、臨時とはいえ、パーティーを組んだんだし、信用しろ」

銭ゲバを信用しろって言われてもねー。まあ、こいつもだけど。

「うーん……」

「だったら殺すか？　一番簡単な口封じだ」

「えー……嫌だわー」

というか、すぐに捕まるだろ。それにヨシノさんを斬りたくないわ。あんなに大きいのに……

「じゃあ、買収しかない。性格はあんなんだけど、Ａランクなだけあって優秀だし、役に立つぞ」

「まあ、そうねー……優秀なのは確かだわ」

というか、俺はヨシノさんに悪い感情を持っていない。面倒を見てもらったし、明るくて良い人だとも思う。銭ゲバでドケチなところ以外はだけど……

「ここまで来たら二つに一つだぞ。あいつを完全に敵にするか、引き入れるかだ」

眠り薬を盛っちゃったしねー。

「カエデちゃんはどう思う？」

「私は引き入れた方が良いと思いますよ。先輩もナナカちゃんもユニークスキルを持っていますし、優秀ですが、やはり経験が浅いです。Ａランクのヨシノさんがいた方が良いと思います」

受付で待っているカエデちゃんはそう思うか……

「こいつがヨシノの巨乳にふらふらーと行ってしまうかもしれんぞ」

黙れ、銭ゲバ。

「大丈夫ですよ。ねー？」

カエデちゃんがニコッと笑い、首をちょっとだけ傾げながら聞いてくる。めっちゃかわいい。

「ねー。でも、カエデちゃん、俺は強いから問題ないぞ」

ヨシノさんは剣術レベル４、俺は６。

「この慢心が怖いんです……」

カエデちゃんがサツキさんの方を見て、首を横に振る。

「確かにな……それにこいつもナナポンもバカだし」

そこはあんまり否定できない。

「じゃあ、まあ、それでいきましょうか」

しゃーない。

「そうしろ……そろそろか？」

サツキさんがそう言って、壁に掛けてある時計を見る。時刻は十時であり、そろそろ眠り薬が切れる時間だ。

「そうね。じゃあ、私の部屋に行ってみましょう」

ビールを飲み干すと、立ち上がった。

カエデちゃんとサツキさんも立ち上がる。そして、俺達はリビングを出て俺の部屋に向かった。

三人で部屋に入ると、ベッドの上であおむけでスヤスヤと眠るヨシノさんが見える。正直、俺の部屋のベッドでヨシノさんが寝ている光景は少しだけ、ドキドキする。

「服は……着てるし、乱れた形跡もないな」

サツキさんが掛け布団をめくり、ヨシノさんの服を確認する。

「沖田君を何だと思ってるの？　そんなことをするわけないでしょ」

性犯罪者じゃねーよ。

「いや、いきなり眠り薬を選択するような奴だしなー……」

こらこら、人聞きの悪いことを言うんじゃない。カエデちゃんが庇おうとしているけど、庇えない微妙な顔をしているだろ。

「私一人では対応できそうにないから時間稼ぎよ。あなたがいるといないとでは大違いだし」

ヨシノさんとサツキさんは従姉妹であり、身内だ。しかも、ヨシノさんはサツキさんを相当、慕っている。この人がいれば、交渉もスムーズだろうと踏んだのだ。

「まあ、カエデもいるし、変なことはしないか」

「というか、カエデちゃんがここに住んでなかったらヨシノさんも来ないでしょ」

ヨシノさんも一人暮らしの男の家には来ないだろう。ましてや、自分の胸をガン見してくる男の家。

「う、うん……？」

俺とサツキさんが話していると、ヨシノさんの目が開いた。

目を覚ましたヨシノさんにサツキさんが声をかける。

「よう、ヨシノ、おはよう」

「サツキ姉さん……？　え？　ここは⁉」

ヨシノさんが慌てて身を起こした。

「沖田君とカエデの愛の巣。覚えてないか？」

どうでもいいけど、愛の巣はやめろ。

「そうだ……私は沖田君を訪ねて……あれ？　私はなんで寝ているんだ？」

「お前は沖田君に一服盛られた。男の家に来て、安易に飲み物を飲んだらダメだぞ。ましてや、相手は魔女なんだから」

食べちゃうぞー。いや、性的な意味ではないよ？

「あのコーヒー……そういえば、そこから記憶がない」

「とにかく、起きろ。リビングに行くぞ」

「あ、そうだね……」

ヨシノさんはまだ混乱しているようだが、ベッドから起きると、シーツを手で払い、掛け布団を畳んだ。

「ここってカエデの部屋？」

「女の部屋に見えるか？　沖田君の部屋だ。カエデの部屋は鍵がかかって入れなかったんだと」

ヨシノさんの質問にサツキさんが答える。

「いっつもかかってるらしいわよ？」

たまには鍵を閉め忘れればいいのに。

「いい加減、諦めてくださいよ」

やだ！

「えーっと、沖田君とカエデってどういう関係なの？」

ヨシノさんが首を傾げながら聞いてくる。

「夫婦らしいわ」

「先輩、後輩ですね」

俺とカエデちゃんが同時に答えた。

「……よくわからないけど、頑張れ、沖田君」

ヨシノさんは良い人だなー。

「ケッ！」

サツキさんはちっちゃいわ……

俺達はそのままリビングに戻り、テーブルにつくと、カエデちゃんが飲み物を持ってきてくれる。サツキさんとカエデちゃんはまだビールが残っていたので、そのままだが、俺は飲み干しているため、おかわりのビールだ。そして、ヨシノさんの目の前にはコーヒーが置いてある。

「飲みたくないな……」

ヨシノさんはカエデちゃんが置いたコーヒーを苦笑いしながら見た。まあ、一服盛られたしね。

「私はそんなことしませんから大丈夫ですよ」

カエデちゃんがニコニコと笑うが、その笑顔がちょっと怖い。

「ビールの方が良かったかしら？」

コーヒーを嫌がるヨシノさんに聞く。

「いや、これでいい。私はお酒が飲めないんだ……飲んだらすぐに寝てしまう」

どっちみち寝るんかい……お持ち帰りしやすい人だな。

「ふーん、それで本題なんだけど、あなたはどこまで知ってるの？」

「君が沖田君なことはわかっている」

うーん、本当かなー？

「私は沖田君ではないわよ？　というか、女性に対して、男認定は失礼よ」

エレノアさんの必殺の誤魔化しでいこう。話術のスキルを見せてやるぜ。

「いや、今さらしらばっくれても無駄というか、遅い」

誤魔化し失敗。まあ、どう言い繕ってももう無理だわな。

「ふーん……なんで私が沖田君と思ったの？」

「その前に君はそのままでいくのか？」

うるせーなー。微妙に引いてんじゃねーよ。

「沖田君がお好みかしら？　でも、着替えるのが面倒なのでこのままね」

「……そうか。いや、いいんだ。人の趣味はそれぞれだしな。うん」

もうそれでいいよ……

「それで？　理由は？」

「私の中では最初から沖田君とエレノア・オーシャンが同一人物ではないかという思いがあった」

「性別という大きな違いがあるわよ」

「特殊メイクかと思ったんだ。だが、身長の違いで一度はその可能性を捨てた」

まあ、身長は誤魔化せないからね。もし、身長も誤魔化しているとしたら沖田君がシークレットブーツを履いていることになる。だが、そんなものを履いて冒険なんかできない。

「それなのに私を沖田君と思った理由は？」

「歩き方が一緒だった。君は振る舞いや口調がオーバーなくらいに女性だが、歩き方が沖田君とまったく一緒だ」

歩き方って……

「そんなものでわかるの？」

「わかる。それに君は沖田君の時もエレノアの時も常に背後を警戒し、いつでも反撃できるようにしていた。それこそファミレスでサインを書いている時すら背後にいる私に対し、警戒していた。これをするのは沖田君だけだ」

「ふーん、その程度でねー」

「ああ、その程度だ。だが、状況証拠としてはそれで十分だろう。あとは君から聞き出せばいい……まさか、話す前に眠らされるとは思わなかったがな」

やはり俺の所に直接来たのは俺ならどうとでもなると思ったからだろうな。眠らせて正解だったのだ。

「ふーん、なるほど、なるほど……で？　それを知ってどうしたいわけ？　そして、それを知って何になるの？」

「君の正体が知りたかった。正直、エレノア・オーシャンは本当の魔女なのかとすら思っていた。

安全な存在なのかどうかの確認がしたかったんだよ。特にあのゲートを閉じるという脅しが怖い」

売り言葉に買い言葉で適当に言っただけなんだけど、効果が抜群だわ。

「安心した？　でも、私が沖田君だとしてもゲートを閉じることができない証明にはならないわよ？」

「できるのか？」

「できるわけないじゃないの。そもそも、ゲートって何よってレベル」

マジであれは何なんだろうね。

「君のその力は何だ？　どうしてあんなにアイテムが手に入る？」

さて……

チラッとサツキさんを見る。

「お前の好きにしろ」

うーん、まあ、いっかー……サツキさんが言うように本部の情報が手に入るし、この人、Ａランクだもんなー。

「ユニークスキルねー」

正直に言うことにした。

「ユニークスキルであることは想像がついていた。まさか、フロンティアから密輸しているとは思えんしな」

　どうやって密輸するんだよ。

「錬金術っていうスキルがあるのよ」

「なるほど……作ってる説が当たりか」

　ヨシノさんは錬金術という言葉だけでわかったようだ。

　まあ、わかるわな。錬金術ってまんまだし。

「すごいでしょー」

「すごいな……では、君は錬金術というスキルで様々なアイテムを作り出しているだけ。そして、それを売っているだけ、でいいんだね？」

「そうね。そもそも、私は魔女と自称もしていないし、フロンティア人とも言ってない。あなた達が勝手に言い出したことよ」

「それはすまない。実は君のことを魔女と言い出したのは私だったりする。それが広まっただけだ」

　お前かい！

「勝手に決めつけて、恐怖しないでもらえる？　善良な一冒険者よ」

「善良かどうかは置いておく」

「善良よ」

　善良、善良。めちゃくちゃ善良。

「実はカエデがいる手前、言わなかったが、沖田君とエレノア・オーシャンが同一人物と疑った理由はもう一つある」

「言わなくていいわよ」

大体、わかるし。

「ヨシノさん、言ってください。私も想像がついてます」

カエデちゃんがヨシノさんを促す。

「君、今もだけど、チラチラと人の胸を見るのをやめなさい」

だって、正面にいると、目が勝手に行くんだもん。

「コーヒーを見てるだけ」

「無理あるぞ……」

立ち上がり、ソファーまで行くと、カバンからサングラスを取り出し、装着する。そして、席に戻った。

「続けて」

ヨシノさんを促す。

「そこまでするか？　もしかして、この前のファミレスでも最初にそれをかけてたのは視線を誤魔化すため？」

「続けるのはその話じゃないわ。私が錬金術でアイテムを作っている。それはその通りよ。それで？　何か悪い？」

「う、うん……別に悪くはない。だが、そのスキルは異常だ」

ヨシノさんはとりあえず、話を元に戻すようだ。カエデちゃんの目がちょっと冷たいけど……

「でも、別に問題ないでしょう？　私は罪を犯しているわけではない」

回復ポーションやアイテム袋を作って売っているだけだ。何も悪くない。

「ああ、そうだ。ただ、私は立場上、これを報告しなければならない」

「本部長？」

「そうだ。前にも言ったが、私はあの人の部下だからな。この調査も本部長からの指示だし、当然、調査結果は報告する」

　まあ、そうなるだろう。

「そう……それはご自由にどうぞ。ただ、二度とエレノア・オーシャンは現れないけどね」

「何故だ？」

　ヨシノさんが眉をひそめながら聞いてくる。

「私が何のために存在していると思うの？」

「金を稼ぐためだろう」

「そう。でも、それは沖田君でもできる……この前、あなたは私がわざと目立つようにしていると指摘したでしょう？　それは合ってる。私はね、隠れ蓑なの。金を稼げば、良い人も悪い人も集まってくる。実際、この前もどっかの国の奴が来たわ。そんな奴らから狙われる生活は嫌なの。だから私のスキルがバレた時点でおしまい。エレノアは消える。あとはこれまで稼いだお金でカエデちゃんと生きるわ」

二十億近くはある。二人で生きるには十分すぎる。

「今度は沖田君が狙われるだけだろ」

「本部長が他の人に言うの？」

「そうなるかもしれん。少なくとも、政府には言うことになるだろう」

「じゃあ、日本はおさらば。クレアとハリーを頼るわ。適当にポーションでも流せばいい」

あいつらは単純でわかりやすいからどうとでもなる。

「……日本を捨てるか？」

「信用できないもの。どうせ、格安で売れって言ってくる。もしくは、適当な理由をつけて無償提供ね」

「そんなことにはならないと思うが……」

「残念。もう信用できないわね。恨むなら進藤先生を恨みなさい」

あの人は極端だと思うが、もし、スキルがばれ、回復ポーションが水と薬草だけで作れることを知ったらそんなものに何百万も出さないだろう。

「なるほど……君のこともスキルのことも知られない方が良いということだな？」

「そう、その通り。別にあなたも本当は報告するつもりもないでしょ」

「私は真面目に仕事をする」

「ふふっ、嘘ばっかり。だったら何故、私の家に一人で来たの？　情報を掴んだのなら私の家に来る前に本部長に報告するのが普通よ。でも、あなたはそれをせずにまず、私と接触をした。あなたは私と交渉に来たんでしょ？」

　他にないだろ。

「……その通りだ。私は自分の判断でこの件は報告しない方が良いと判断した。君の言う通り、政治家共は信用できない。必ず、情報を流すか、君を利用しようとする」

「やっぱりそうなるの？」

「今までもそうだったんだよ。新アイテムやらなんやらの情報をいち早く入手し、それを利用されてきた。実際、君の情報もマスコミに流された。下手をすると、外国にも流されるかもしれん。君は情報だけで金になる」

　黄金だもんね。

「なるほどねー……で？　あなたは何が欲しいの？　ただで黙るような性格はしてないでしょう？」

「私がそんな悪に見えるか？」

「報告できないのにわざわざ単身で魔女の屋敷に来てまで知ろうとしたんだもの。何か欲しい物があるんでしょう？　やっぱりお金？」

「回復ポーションをくれ」

　サツキさんが言うようにお金ではなく、回復ポーションか……

「回復ポーションが欲しいの？」

「ああ、そうだ……すまん、ちょっと君の部屋に行っていいか？　カエデとサツキ姉さんは遠慮してもらいたい」

ヨシノさんがそう言うのでカエデちゃんとサツキさんを見る。二人は顔を見合わせていたが、すぐに俺を見て頷いた。

「いいでしょう。じゃあ、来なさい」

俺とヨシノさんは再び、俺の部屋に向かう。そして、部屋に入ると、扉を閉め、ヨシノさんと二人きりになった。

「二人きりで何を話したいの？　二人には聞かせられない話？」

ヨシノさんに聞く。

「まあそうだ。というか、見てもらいたいものがある」

ヨシノさんはそう言って、着ているシャツを胸の辺りまでめくった。そこまでめくったため、白くて大きなものが見えているのだが、そこには俺の目が行かない。何故ならヨシノさんの大きな胸の下には痛々しい傷痕があったからだ。

「それ、どうしたの？」

「単純にモンスターにやられた。私のミスだな。前に億を超える剣を持っていると言っただろう。実はこの傷の原因は剣をケチったせいで剣が折れ、やられたんだ」

それでめちゃくちゃ高い剣を使っているのか……このドケチが明らかに費用対効果の悪そうな剣を使っていた理由がわかったわ。

「ふーん、確かに女性には辛いわね。そんな立派なものを持っていても引かれるかもだし……このことはあの二人は？」

「知らない。これを知ってるのはリンだけだ」

リンさんは知っているのか……いや、一緒に冒険してた時かもしれない。

「レベル2の回復ポーションでは治せない？」

「レベル2の回復ポーションを使ってこれだ。傷は治ったが、痕が残った」

レベル2の回復ポーションでこれということはかなり深い傷だったんだな。

「なるほど。あなたが欲しいのはレベル3の回復ポーションなわけね」

「そうなる。あるか？」

あるかないかで言えばあるね。

「あると思う？」

「思う。君は最初にレベル1の回復ポーションを売り、次にレベル2を売った。アイテム袋の容量もだが、どんどんと値段が上がるように売っていっている。だから次に売るのはレベル3の回復ポーションか数千キロのアイテム袋だろう」

せいかーい。

「そうね。まあ、レベル3の回復ポーションは今日、作れるようになったばかりだけど」

「作れるようになった……？　ああ、商売的に順序を踏んでいるわけではなく、スキルのレベルか何かがあるのか」

「そういうことね。まあ、順序もある。アイテム袋を順序よく売ったのはそういうことだし」

まあ、サツキさんにそう言われたからなんだけど。

「良い手だと思う」

「そうね……うーん、まあ、そんな傷痕を女子が持っていいわけないし、レベル３の回復ポーションくらいならあげるけどねー……」

こんなに大きいのに傷痕が気になってしょうがないわ。

「ついでに回復ポーションを安く売ってくれると助かる」

「それも別にいいけどね。一応、パーティーを組んでるわけだし」

ナナポンにも大量にあげたし、所詮は千円前後だ。

「助かる」

「しかし、本当に大きいわね……」

サングラス越しに傷痕の上にある白いふくらみを見る。

「触りたかったら触ってもいいぞ。レベル３の回復ポーションのことを考えたら安いものだ」

ヨシノさんがとても魅力的な提案をしてくる、が……

「触ったらそれで脅す気でしょう？　カエデちゃんに言うぞって」

「いや、そんなつもりはなかったが……」

「どちらにせよ、私にはカエデちゃんがいる。あの子を裏切れないし、あの子に捨てられたら困る」

ナナポンが言うように砂漠のオアシスが本当に蜃気楼になってしまう。

「……君、依存してない？」

「してるわね。私の病んだ心を癒してくれたのはカエデちゃんだもの……さて、もう服を下ろしてもいいわよ。よくわかったから」

　そう言うと、ヨシノさんがシャツを下ろす。

「サングラスで目線がわからなかったが、ガン見してたんだろうな」

「正直に言うと、ほぼ傷を見てた。六対四ってところかな？」

　傷が六でおっぱいが四。ホント、傷が邪魔だわー。

「そうか。まあ、いいけど……」

「こういう傷って、実は皆、持ってるものだったりする？」

「役割による。後衛職は少ないだろう。あるとしたら前衛だな」

　モンスターと接近すれば、それだけ危険が増えるわけか。

「リンさんも？」

「いや、私らは女だし、元々、そこまで無茶をしないんだ。これは私がドジっただけだな」

　リンさんはそこまで冒険に情熱があるようには見えなかったしな。

「まあ、わかったわ。レベル３の回復ポーションね。本当は千六百円もするんだけど、特別にタダにしてあげるわ」

　そう言うと、錬金術の作業として使っている机に座り、置いてあるカバンからペットボトルと薬草三つを取り出す。

「見てもいいか？　作るのを見てみたい」

後ろにいるヨシノさんが聞いてきた。

「どうぞ。とってもつまらないと思うけどね」

取り出したペットボトルに薬草を入れ、じーっと見る。すると、ペットボトルが光りだし、ペットボトルが灰色の液体が入ったペットフラスコに姿を変えた。

「あっさりだなー」

「でしょう？　だからつまらない。材料も安いし、大量生産できるのよ。大儲け」

「エレノア……本部や政府の情報が欲しくないか？」

ヨシノさんが肩に手を置き、耳元で囁いてきた。

そして、背中には柔らかいものが当たっている。

ほら来た。金の亡者め。

俺と二人きりになりたかったのは傷痕を見られたくない以上に俺だけなら簡単に落とせると思ったからだろう。

「おっぱいを押しつけないでくれる？　いくら欲しいのよ？」

別におっぱいに負けたわけではない。元からこうなることは予想がついてたし、サツキさんもヨシノさんから情報を奪えと言っていた。だからおっぱいに負けたわけではないのだ。

「なーに、ほんの少しで良いんだ。ほんの二十パーセントでいい」

「頭、おかしいの？」

二十パーセントもやるわけねーだろ。ナナポンと同じ十パーセントまでだ。

サツキさんの言う政府やギルドの情報をいち早く掴めるというのは非常に有用だし、ヨシノさん自身もAランクで優秀だが、さすがに二十パーセントはない。

「じゃあ、いくらだ？」

「五パーセント」

「君は本当に交渉が下手だな……まあ、ここは従っておこう。十パーセントでいいぞ」

なんで俺の上限がわかるんだろ？

「あなたのユニークスキルを教えなさい」

最初は俺とエレノアさんのことをユニークスキルでわかったって言ってたけど、どうなんだ？

「私のユニークスキルは大したものではない。完全記憶だ」

「何それ？」

「説明が非常に難しいのだが、一度見聞きしたものを保存でき、いつでも取り出すことができる。例えばだが、君との会話を思い出したいと思えば、その時に見た映像も会話した内容も脳内で再生されるんだよ。録画した動画を見てる感じかな」

「そりゃすごいわね。ナナカさんの透視よりも正当にカンニングできる」

教科書を一度見ればいいわけだ。

「もう学生じゃないし、カンニングとして使うことなんてほぼないけどね。暇な時に見たことがある映画や漫画を見ることができるくらいだ。あとは今回のような時に使える。君の歩き方を再生し、沖田君とエレノア・オーシャンを見比べて気付いたことだ」

あー、だから夕方にミレイユ街道で会った時にジロジロと見てきたわけだ。沖田君とエレノアさんを重ねてたんだな。

「ふーん、冒険には使えそうにないわね」

「そうでもない。情報をいつでも取り出せるのは強い。地図を見なくてもいいし、モンスターの特徴もわかる」

確かに……

「便利ね」

「ああ、とはいえ、戦闘能力が上がるものではないし、金儲けも難しい。私も錬金術が欲しかった」

そりゃね。直接的に儲かるスキルだもん。

「まあ、いいでしょう。十パーセントを払いましょう。でも、まず、あなたはナナカさんとサツキさんに謝りなさい。わだかまりを取り除かないと協力できないでしょう」

ナナポンは探りを入れてきたことを、そして、サツキさんには移籍のことを。

「横川には謝る。そのつもりだったしな……でも、サツキ姉さんか……」

ヨシノさんが微妙な顔をして目を逸らした。

「あなた、めちゃくちゃ気にしてるんでしょ？　だったら素直に謝りなさいよ」

「許してくれるかな？」

ヨシノさんが不安そうに聞いてくる。

「ぶっちゃけると、あまり気にしてないっぽいわよ。そんなことよりも今の金儲けって感じだったし」

「そうか……すまん、エレノア、この部屋を借りてもいいか？」

「どうぞ。サツキさんを呼べばいいの？」

「頼む」

めんどくさいが、しゃーない。

「じゃあ、呼んでくるわ。あ、これはあげる。さっさとそんな傷痕は治しなさい」

立ち上がり、机の上に置いてあるレベル３の回復ポーションを指差した。

「ああ、感謝する。治ったら見るか？」

「誘惑しようとしても無駄よ。私にはカエデちゃんがいる」

「愛人でもいいぞ」

そこまでして金が欲しいのか……

「あなたを抱いて、朝起きたらすべてがなくなってそうだから嫌。アホなことを言ってないでそこで待ってなさい」

金もカエデちゃんも失いそうだわ……

ヨシノさんを置いて部屋を出ると、リビングに戻った。

「あ、先輩」

「ん？　ヨシノはどうした？」

リビングに戻ると、テーブルでビールを飲んでいる二人が俺を見てくる。

「サツキさん、悪いけど、私の部屋に行ってくれる？　ヨシノさんが話がしたいんだって」

「ヨシノが？　わかった」

サツキさんは頷くと、リビングを出ていった。

「話は終わったんです？」

カエデちゃんの隣に座ると、カエデちゃんが聞いてくる。

「終わった。十パーセントで買収」

「まあ、そんなもんですかね？　ナナカちゃんも十パーセントですし。サツキさんに話っていうのは？」

「移籍のことを謝るんだってさ。土下座でもしてんじゃね？」

わざわざ二人きりにしてほしいって頼むんだもん。

「あー……してそう」

「身内の話だし、俺らは関与しないようにしよう」

そう言って、テーブルの上にあるビールを取ると、中身が空だった。

「そうですね。あ、飲みます？　取ってきますよ」

そう言って、立ち上がり、キッチンに向かうカエデちゃんの後ろ姿を見ていると、誘惑には負けないぞ、と強く思えた。

俺とカエデちゃんが隣同士で座りながらビールを飲んでいると、サツキさんとヨシノさんがリビングに戻ってきた。

「終わった？」

テーブルにつき、残っているビールを飲み始めたサツキさんに聞く。

「終わった。何を言うかと思ったらしょうもない」

「土下座された？」

「いや、そんなことはなかった。ただ、めちゃくちゃ媚びを売る目で見られたな。ヨシノはそういう汚いところがあるから気を付けろ」

「わかったわ」

悪女め！　どうせ、谷間を見せつけたりするんだろう！　俺には効かないぞ！

「そういう会話はせめて私がいないところでやってほしいな……」

ヨシノさんが気まずそうにコーヒーを飲む。

「とりあえず、話はこれで済んだか？」

サツキさんが聞いてくる。

「そうね……ヨシノさん、他に何かある？」

ヨシノさんに他にないか確認する。

「できたらレベル2の回復ポーションを早めに本部に売ってほしい。上から急かされているし、政府連中も不安がっている。あいつらは追い詰められるとロクなことをせんぞ」

ケンカ別れした状態だからな……しかも、その後にクレアとハリーと接触している。

「わかった。明日、クレアに電話してみるわ。さっさと契約を済まして、本部長に売りましょう」

「多分、今回は間に私が入ると思うから連絡をくれ。レベル2の回復ポーションはいくらで売るつもりだ？」

「どのくらいの量を買い取ってもらえるのかしら？」

「クレアには百個ほど売るんだったな。だったらこちらも百個でいい。本当は五十個でいいんだが、メンツの問題があるから最低でもクレアと同数以上は買い取らないといけない」

メンツなんてくだらないと思うが、俺的には数が売れるならそれでいい。

「いくらになる？」

「クレアにはいくらで売るんだ？」

「四百万円」

「四百万……三百万にならないか？」

ケチるなー。いや、本部も金がないのか……

「三百五十万は出しなさい」

クレアだって、最初は三百二十万で買うって言ってた。そこに収納用の百キロのアイテム袋をつけて、四百万になったのだ。

「三百五十万か……うーん、いけるか？　まあ、この前の不備があるし、出すか……わかった。

私が本部長に話しておく。レベル3の回復ポーションは売らないのか？」

「そっちはオークション」

「オークション、か……また、本部長にパワハラされるんだろうな」

本部長にパワハラされてんの？　ヨシノさんも大変だなー。

「まずはオークションで値段を決めたいの。売るのはそこから」

出回っていない物はまず相場を決める必要がある。クレアに千キロのアイテム袋を十億で売るのもオークションでそういう値段がついたからだ。

「うーん……まあ、わかった」

「基本的にはその流れね。あとは空いた時間に冒険してレベル上げ」

オークションの準備やら何やらはカエデちゃんやサツキさんの仕事だから俺はやることがない。

その間にナナポンと冒険だな。

「レベルが上がったらレシピとやらが増えるんだったな。私も付き合ってもいいが、どうする？」

「私とあなたがつるむ姿は人に見せない方がいいわ。これまで通りで行きましょう」

「まあ、そうだな……じゃあ、沖田君だな。横川は？」

「あの子は沖田君を嫌がるからダメね。これまで通り、ナナカさんは私と行くし、あなたとは沖田君が行く」

これがベストだろう。ナナポンって、弱男性恐怖症らしいけど、それ以前に人見知りだし。

「わかった。じゃあ、行きたい時は連絡をくれ。リンは旦那優先だからわからんが、私は空いてるからな」

今の嫌味っぽいのはちょっとサツキさんっぽかったな。

「じゃあ、そうしましょう」

「ああ。それとすまないが、横川の連絡先を教えてくれ。巻き込んでしまったことを謝罪したい」

「わかった。あとで送る」

「頼む……じゃあ、私はこの辺で帰るよ。遅くまで悪かったね」

遅くなったのは俺が眠り薬を盛ったからだけど、それは言わない。

「私も帰るか……あ、ヨシノ、家まで送れ。どうせ車だろ」

「そうだね」

サツキさんとヨシノさんが立ち上がったため、俺とカエデちゃんも立ち上がり、玄関まで見送ることにした。

「じゃあ、私らは帰る。カエデは明日、休みだったな？」

サツキさんは玄関で靴を履くと、カエデちゃんに確認する。

「そうです。明日はゆっくりします」

「私も休み。カエデちゃんとゆっくりする」

まったり過ごそう。

「どうでもいいけど、お前はいつまでサングラスしてるんだ？」

「うっさい。さっさと帰れ」

ヨシノさんが帰ったら取るわい。

「はいはい。じゃあな」

「おやすみ」

サツキさんとヨシノさんはそう言って、帰っていった。

俺とカエデちゃんはリビングに戻り、テーブルの上に置いてあるビールを持って、ソファーに向かい、腰かける。

「何とかなりましたねー」

カエデちゃんがビールを一口飲む。

「だなー」

「先輩の部屋で何を話したんです？」

これはちょっと嫉妬というか、疑いが入っているな……

「色々と話したね。まずだけど、レベル３の回復ポーションが欲しい理由は傷痕っぽい」

「傷痕？」

「お腹に痕があった。見られたくないんだろ」

けっして、おっぱいの下とは言わない。

「先輩にはいいんだ？」

「いや、カエデちゃんでもいいと思う。あれはサツキさんに知られたくないんだと思うわ。身内だし、心配をかけちゃうから」

「なるほど……でも、確かにそういうケガをする人もいますしね」

「カエデちゃんも？」

もし、傷痕があるならレベル3の回復ポーションで治すべきだ。

「いえ、私はローグでしたし、サツキさんの後ろに隠れてましたのでそういう傷はないです。ですけど、受付をやっているとそういう人を見かけるんですよ。男女問わず、あまり見たい光景ではないですね」

毎年、犠牲者は出るし、危険な仕事だもんな。

「やっぱりそういうことはあるんだな……俺はやって数年だな。同い年のヨシノさんとリンさんは引退を考えているっぽいし」

「そうだと思います。三十代以降は本当に危ないです。最初に先輩に説明した時、一番犠牲者が多いのは先輩みたいな脱サラ組が多いって言ったのは覚えていますか？」

確かに言われた。先輩みたいなクビになった人って言われたけどな。

「覚えてる」

「十代の若い人には補助がつきます。ですが、大人にはつきません。そして、不安や焦りから無理をするんです」

わかる、わかる。俺も不安と焦りがすごかった。

「早めに稼いでドロップアウトだな」

「そうしてください。はっきり言えば、もう引退してほしいとすら思ってます」

　これは冒険者とエレノアさんの両方だろう。

「二十億で足りる？」

「生きていく分には十分でしょう」

　まあね。余裕だろう。

「わかってる。でも、もうちょいやる。ナナポンがいるし、無理をする気もないし、イキるのもやめた」

「わかっているならいいです。引き時だけは注意してください」

「うん」

　返事をし、ビールを飲む。

「ちなみに聞きますけど、二人きりで話したのはそれだけです？」

　まーだ疑ってやがる。

「ユニークスキルを聞いた」

「ヨシノさんの？　どんなのでした？」

「完全記憶だってさ。そのスキルで沖田君とエレノアさんの歩き方を見比べたんだと」

「ユニークスキルって、本当にすごいですね……」

　戦闘用ではないが、すごいのは確かだ。

「だなー。これがあるのとないのとでは大違いだわ」

やっぱり冒険者として上位に行くには必須なのかもしれん。

「ですねー……他には？」

「いや、そのくらいかな？　あとは金とかポーションの話。ホントにホント」

色仕掛けには引っかからなかったからセーフ。

「ふーん、まあいいです」

「そんなことより、明日は休みだしさー。今日は飲もうよ」

もう飲んでるけどね。

「ですね。何かゲームでもします？」

「王様ゲームしようよ」

「いや、二人じゃないですか……というか、サングラスを取ってくださいよ。エレノアさんってナナカちゃんレベルでサングラスが似合いませんよ」

そんなに似合ってないのか……

「じゃあ、取るか……」

サングラスを外し、目の前のローテーブルに置いた。

「あと、沖田先輩に戻ってくださいよー。沖田先輩がいいですー」

「それもそうだな」

俺とカエデちゃんは一息ついたのでお風呂に入り、お酒を飲むことにした。

もちろん、今日もカエデちゃんがお風呂に入っている時に廊下で待っていたのだが、脱衣所から出てきたのはパジャマ姿のカエデちゃんだった。

残念。まあ、ジト目もかわいかったけどさ。

やっぱりカエデちゃんに勝てるものなんてないわ。

番外編

Extra edition

　私は沖田君とカエデのマンションから出ると、近くに停めた車までやってきた。

「ほっ……駐禁を切られてなかった」

　良かったー……眠らされたせいで結構な時間を沖田君の家で過ごしていたから、ちょっと心配だったのだ。

「相変わらず、ドケチだな。一万やそこらだろ」

　一緒に帰るためについてきたサツキ姉さんが呆れる。

「他人事だからって……違反点数も加算されるし、色々と面倒なんだよ。いいから乗ってよ」

「はいはい。金はあるんだからタクシーを使えよ」

「車の方が便利なんだよ」

　そう言って運転席に乗り込むと、サツキ姉さんも助手席に乗り込んだ。

「一回、ギルドに行ってくれ。その後に私の家な」

　タクシー扱い……別にいいけどさ。

「はいはい」

　車を発進させ、サツキ姉さんの池袋支部に向かう。

「しかし、お前って大胆だなー。よく単身で敵の巣窟《そうくつ》に乗り込めるもんだ」

サツキ姉さんがバカにしたように笑った。

「敵って……確かにエレノアは得体の知れないバケモノだけど、沖田君は別に敵じゃないよ。一緒に冒険をする仲間だし」

エレノアは何を考えているかわからないけど、沖田君は素直というかわかりやすい。まあ、同一人物なんだけどさ。

「その仲間に一服盛られてるじゃん。カエデがいなかったらどうなってたかわからんぞ」

「いや、普通初手で睡眠薬を盛る？　こっちは平和的に話し合うために訪ねたっていうのにさ」

おかしくない？

「あいつ、バカだもん。というか、ちょっと発想がヤバい。錬金術を手に入れて金儲けをしようと考えるのはわかる。それにコソコソしたいのもわかる。だからといって、性別を変えてまであんな魔女を作るか？」

それはそう思う。

「ねえ、確認だけど、エレノア・オーシャンの正体が沖田君でいいんだよね？」

「お前はそう判断したんだろ？」

「まあね。でも、人が変わりすぎてて微妙に自信がない」

姿が違うのはわかる。口調も頑張れば変えられる。でも、雰囲気が完全に別人だ。

「うーん……最初はアホ丸出しだったな。本人曰く、ミステリアスらしいぞ」

ミステリアスねー……まあ、ミステリアスなのは確かだ。

「ふーん……そのミステリアスで世界はパニックだよ」

「良いことだ。皆があいつの言動を見て、勝手に妄想を膨らませ、大きくする。エレノア・オーシャンは何を考えているのかわからない、フロンティア人なのでは、とな。実際は何も考えていないただのバカなのに」

うーん、まあ、私もそう思ってたか。

「しかし、そうなると、バレるリスクがどんどん大きくなるね」

ただの何も考えていないバカだとわかれば、皆が一斉に動くだろう。

「そのためにお前を買収したんだ。わかるな？」

日本は本部長さえ抑えておけば問題ないか。後は別ギルドの支部長達だけど、それはサツキ姉さんがやるだろう。

「外国は？　特にアメリカ」

「そっちはエレノアが上手くやっている。というよりも、お金大好きのバカ同士で仲良くしてる」

アメリカは問題ない。そして、アメリカと上手くやっていれば、あっちが勝手にやるか。

「とりあえず、私達はエレノアのアホがバレないようにすればいいわけ？」

「そうなるな。私やカエデはフロンティアには行けん。ナナポンはナナポンでバカだし、あいつはエレノアのイエスマンだから二人をちゃんと指導しておけ」

うーん、今度、横川にも謝罪をするし、その際に誘ってみるか。どっちみち、女子なら大歓迎なわけだし。しかし、あのＳＰみたいな格好か……まあ、いいけど。

「わかった。私としてはお金さえもらえれば何でもいいよ」

「お前は本当にそういう奴だよな。そんなに金が大事か、守銭奴？」

サツキ姉さんにそう言われたのでバックミラーを傾け、サツキ姉さんの方に向けた。

「……何が言いたい？」

「各ギルドや本部では守銭奴の女狐で有名だよ」

「チッ！」

実際、そうじゃん。

「怒んないでよ。先に言ったのはそっちじゃん」

「そうだな、守銭奴。お前、ユニークスキルを持ってるな？」

ユニークスキル、か。本来は言ってはいけないものだ。だが、エレノアに言った時点で隠す意味はない。

「あるよ」

「どういう能力だ？」

「完全記憶。一度見聞きしたものを保存でき、いつでも取り出すことができる」

良い能力だけど、錬金術が欲しかったなー。

「そりゃ便利だな。それで沖田君とエレノアを結びつけたわけか」

「動きでわかるんだよ。特に武術をやっている人は動きに無駄がないからわかりやすいね。沖田

君とエレノアの動きを重ねたらぴったり重なったよ」

人の動きというのはそうは重ならない。あれほどぴったりで別人はない。

「なるほどね。お前、ユニークスキルはいつからあった？」

「最初から」

最初にステータスカードが出た時からあった。

「私のギルドにいた時からか……私に言わなかったわけだな？」

「そりゃそうでしょ。誰が言うのさ」

「まあ、皆、隠しているな。ウチで言えば、沖田君とナナポン」

横川もユニークスキル持ち。これは想定されていたことだが、さっき沖田君が普通に透視ってバラしてたな……

「せっかく得た自分だけのスキルを制限されたくないからね。当時、一緒にいたリンにも相談したけど、言わなくていいじゃんという結論になったね」

「リンも知っていたわけか。他の連中は？」

サツキさんの元仲間か。

「新宿に移ってからだね。というか、当時の支部長だった本部長から色々と聞いた」

「ユニークスキルのことは各支部長は知っているのか？」

「多分、都内だったらどこも知っていると思うよ。あからさまにAランクを囲っているからね」

ユニークスキルを持っている者はステータスカードさえ見れば、他のユニークスキルも見ることができる。これが大きいからギルドは絶対に一人はユニークスキルを持つ冒険者を囲っている必要があるのだ。

「どいつもこいつも……」

まあ、池袋支部はなー……あんなことがあったから有望株は別の支部に行く。

「どっちみち、サツキ姉さんだって、隠して囲ってるじゃん」

しかも、錬金術と透視という破格なスキルを二つも。

「まあな。とにかく、お前は今後、本部の情報を流せ」

「それはいいけど、あんまり本部長をいじめないでね。最近、頭頂部を気にしているみたいだし」

あの人はあの人でギルドや冒険者と政府関係者との板挟みでかなり苦労をしている。特にこの前の野中と進藤先生のせいでかなりため息が多くなった。

「ざまあみろ」

まあ、かつて引き抜かれた側のサツキさんはこうだわな。当人である私はこれ以上、何も言えないから自分で上手く調整するしかない。

「ハァ……」

さて、とりあえずは上手くいった。次はレベル2の回復ポーションの交渉か。

えーっと、沖田君は三百五十万でいいって言ったな……じゃあ、本部長に三百七十万で売るか！

Mノベルス

地獄《じごく》の沙汰《さた》も黄金次第《おうごんしだい》　～会社《かいしや》をクビになったけど、錬金術《れんきんじゆつ》とかいうチートスキルを手《て》に入《い》れたので人生一発逆転《じんせいいつぱつぎやくてん》を目指《めざ》します～③

2024年7月1日　第1刷発行

著　者　出雲大吉《いずもだいきち》

発行者　島野浩二

発行所　株式会社双葉社
〒162-8540　東京都新宿区東五軒町3番28号
［電話］03-5261-4818（営業）　03-5261-4851（編集）
http://www.futabasha.co.jp/（双葉社の書籍・コミック・ムックが買えます）

印刷・製本所　三晃印刷株式会社

［電話］03-5261-4822（製作部）
ISBN 978-4-575-24750-3 C0093